Wolfgang Schmidbauer

Das Geheimnis der Zauberflöte

HERDER / SPEKTRUM

Band 4437

Das Buch

Die Zauberflöte ist wohl die deutschsprachige Oper, die weltweit die meisten Menschen fasziniert. Das liegt nicht nur an der „zauberhaften" Musik Mozarts, sondern auch an der „Geschichte", am Libretto von Johann Emanuel Schikaneder. Diese Geschichte erzählt von einem Reifungsprozeß: Mann und Frau begegnen sich – zunächst im Bild – und beide müssen Prüfungen bestehen, die sie geistig reif machen für das (gemeinsame) Leben. Es ist eine Initiation in die Liebe. Wolfgang Schmidbauer geht in diesem Buch den Motiven dieser Geschichte nach, erhellt sie historisch, tiefenpsychologisch und psychoanalytisch. Die Leser werden mitgenommen auf die abenteuerliche Lebensreise ganz verschiedener Persönlichkeiten: Da ist Papageno, der Vogelmensch, Pamino, der reine Prinz, Pamina, die schöne Tochter der sternflammenden Königin. Wolfgang Schmidbauer erschließt die Aussagekraft alter Mythen, beleuchtet die Tiefe archetypischer Symbole und erhellt psychoanalytisch die wirkmächtigen Motive. Damit kann der Leser, die Leserin etwas Neues für sich entdecken: Menschliche Verhaltensweisen, die sich verdichten in Symbolen, in einer Geschichte, die mit dem Leben selbst und der eigenen Erfahrung zu tun hat. Wolfgang Schmidbauer macht deutlich, daß es nicht nur eine Wahrheit gibt, sondern daß ein Leben ganz verschiedene und überraschende Wahrheiten bergen und dennoch ein Ganzes sein und werden kann.

Der Autor

Wolfgang Schmidbauer, geboren 1941, Diplom-Psychologe und Dr. phil., arbeitet als Psychotherapeut in freier Praxis und als Dozent für Psychoanalyse. Zahlreiche Buchveröffentlichungen.

Wolfgang Schmidbauer

Das Geheimnis der Zauberflöte

Symbole der Reifung – Wege zur Integration

Herder

Freiburg · Basel · Wien

Gedruckt auf umweltfreundlichem,
chlorfrei gebleichtem Papier

Originalausgabe

Alle Rechte vorbehalten – Printed in Germany
© Verlag Herder Freiburg im Breisgau 1995
Herstellung: Freiburger Graphische Betriebe 1995
Umschlaggestaltung: Joseph Pölzelbauer
Umschlagbild: Simon Quaglios Bühnenbildentwurf
für das 2. Bild der Münchner Neuinszenierung der Zauberflöte 1818
© Deutsches Theatermuseum München
ISBN 3-451-04437-4

Inhalt

Einleitung

Mozarts Singspiel war für mich, wie für die meisten deutschen Schüler, die erste Oper, die ich sah. Ich erinnere mich daran, daß die Bühne des Münchner Prinzregententheaters sehr ferne und die Königin der Nacht sehr unheimlich wirkte; heute weiß ich, daß meine damals noch durch keine Brille behobene Kurzsichtigkeit für diese Eindrücke mitverantwortlich war. Ich liebte die Musik und löste den Text in einzelne Bilder auf, in Szenen, die für sich standen und keinen Zusammenhang hatten; am Schluß mußte alles gut ausgehen, das war jedenfalls sicher und mir immer ein Trost, ich schätzte Geschichten nicht, in denen sich die Liebenden nicht fanden.

Mozart blieb mein Lieblingskomponist. Die Zauberflöte sah ich noch einige Male, in modernistischen und in historistischen Inszenierungen, sie begleitete mich in ein Alter, in dem sich ein nahezu abgeschlossenes Psychologiestudium und die Leidenschaft für alte Märchen und Mythen zu einem Interesse, anspruchsvoller ausgedrückt: einer Forschungsrichtung verbanden, die auch meine Dissertation bestimmte: „Stimmen" psychologische Deutungen von Mythen, oder sind sie ihrerseits interpretations- und kritikbedürftig? Was mein poetisches Bewußtsein störte, meine intellektuelle Machtlust jedoch befriedigte, war die besserwisserische Qualität, mit der mir die Psychologen an die alten Sagen heranzutreten schienen. Ich spürte immer auch einen Verlust, wenn der Reichtum an Bildern und Variationen plötzlich *nur* eine Folge von Triebdynamik oder von Archetypen sein sollte, so sehr mir anderseits diese Deutungen auch Türen in neue Bereiche aufzustoßen schienen. Zudem überzeugte mich ein Vorgehen nicht, das Märchen, Mythen und Legenden auf die gleiche Weise behandelte wie Träume. Wenn aber diese Deutungen nicht gültig waren – hatten sie dann gar keinen Wert?

Ich habe nie viel von der Abwertung des Intellekts gehalten, die mir in der Selbsterfahrungsszene der späten sechziger Jahre manchmal als Sieg des dionysischen Bauches über den weniger apollinisch als verklemmt gesehenen Kopf entgegentrat. Mind fucking, Fritz Perls' Ausdruck für die Psychoanalyse, schien mir seltsam lustfeindlich: Es machte doch Spaß, zu denken. Es befreite aus der Enge meiner frommen Erziehung, mir zu überlegen, was Maria Maienkönigin im blauen Sternenmantel, die ein nacktes Kind hält, mit Kybele und Isis zu tun hatte: Liebgewordene Bilder wurden nicht verbannt und verworfen, sondern in einen neuen Zusammenhang gerückt, der sie auch aus der Leibfeindlichkeit und moralischen Quälerei des Beichtspiegels und anderer bedrückender Einrichtungen einer christlichen Sozialisation in der Nachkriegszeit nahm. Wenn es möglich war, eine fremde Geschichte neu zu erzählen, ihr darin eine unerwartete Wendung zu geben, dann mußte es doch auch möglich sein, der eigenen Geschichte neue Aspekte abzugewinnen und so die alten Mächte nicht mit verschwenderischem Energieaufwand zu bekämpfen, sondern ihrer Bildmacht die Macht neuer Bilder hinzuzufügen, welche ihre wohltätigen Aspekte ergänzten, ihre schlimmen jedoch ausglichen.

So gewann eine neue Bedeutung, was relativierend begonnen und mit viel Skepsis den unterschiedlichen tiefenpsychologischen Modellen entgegengetreten war. Es galt, Vieldeutigkeiten zu betonen und den unerschöpflichen Brunnen der Vergangenheit[1] nicht zuzuschütten, sondern zu vertiefen.

Die Beschäftigung damit, was Mythen und religiöse Riten den Menschen der Vergangenheit gegeben und bedeutet haben, scheint mir eine sehr zeitgemäße Form, spirituelle Bindungen in unseren aufgeklärten Alltag zu integrieren.[2] Wem als Kind

---

[1] Vgl. Thomas Mann, Josef und seine Brüder, Frankfurt am Main.

[2] Meine damalige mythologische Grundstimmung drückt der Schlußsatz einer Arbeit über antike Mythen in Dantes Comedia Divina aus: „Wir haben gesehen, daß die mythischen Gestalten, denen der Dichter auf seinem

mit Hilfe von Höllendrohung und Schuldzuschreibung einge-
trichtert wurde, seinen Nächsten zu lieben, der braucht neben
der duldsamen Maria und dem gemarterten Jesus auch Aphrodite, Artemis und Dionysos, Mohammed und Buddha, gewiß
auch Marx und Freud. Sie helfen ihm, das geistige Instrumen-
tarium wiederherzustellen, welches im Bereich der emotionalen Kultur an den Einflüssen eines moralisierenden Religions-
unterrichts nicht selten zerbrochen ist. So mag es ihm gelingen, Begriffe wie Liebe, Reifung, Initiation neu zu fassen und
den verlorenen Kinderglauben nicht zusammen mit der ekkle-
siogenen Neurose zu verwerfen, sondern zu entdecken.

Diese Betrachtungsweise scheint dem Anliegen der Zauberflöte in gewisser Weise verwandt. Auch dem Zaubermärchen
und der Maschinenkomödie des ausgehenden 18. Jahrhunderts
ging es darum, unterhaltend zu belehren, der Aufklärung die
Trockenheit, dem Rüpelspiel aber das Kleben an der Zote zu
nehmen. Den Veranstaltern und Konsumenten jener Dienstlei-
stungen, die wir „Psychoszene" nennen, ist oft nicht bewußt,
wieviel an der Attraktivität von Gefühlstherapie, Urschrei, En-
counter, Psychodrama oder Bioenergetik der Tatsache geschul-
det ist, daß in unseren gesellschaftlichen Riten die Clowns fehlen und ein steriler Perfektionismus gleichermaßen über Talk-
show, Hochamt und Staatsbesuch regiert.

Die Weisheit der Zauberflöte liegt nicht zuletzt darin, daß
ihr Autor Schikaneder selbst den Papageno spielte, den Fleder-
wisch und Lehmkopf, der die erhabenen Worte und Bewegungen der Geister, die sich selbst überschätzen, so tapsig und un-
widerstehlich nachahmt. (Lehmköpfe, Mudheads, sind in den

Weg durch die neun Höllenkreise begegnete, ihre Funktion und Bedeutung
gewandelt, aber nicht verloren haben. Immer noch geben sie einer Kosmologie Halt, Farbe und plastische Kraft. Heute, da wir uns dem ursprünglichen
Sinn der Mythen Griechenlands wieder zu nähern suchen, wird niemand
mehr ein Bild des Kosmos auf diesem für Dante noch tragfähigen Grund er-
richten wollen. Wir suchen im Mythos nicht mehr als Vergangenheit. Dies
ist zumindest unsere Überzeugung, die allein uns vielleicht heute noch erlaubt, mehr als nur Vergangenheit in ihm zu finden." W. Schmidbauer, Im
Brunnen der Giganten, in: Antaios Bd. XI, No. 6, März 1970, S. 544.

Tänzen der amerikanischen Pueblo-Indianer jene mit lehmfarbigen Masken versehenen Clowns, Lieblinge der Kinder, die bei allen Feiern herumstolpern, obszöne Gesten machen und die Bewegungen der Halbgottmasken imitieren.)

Die urtümlichen Riten der mittelmeerischen und kleinasiatischen Kulturen beherrschen immer noch einen großen Teil unserer Bilderwelt: Die Monate und die Wochentage, den Sternenhimmel und die Pflanzennamen, unsere jahreszeitlichen Bräuche und die Motive der Märchen, mit denen unsere Kinder aufwachsen. In diesen Riten werden zwei große Themen verarbeitet: als erstes das Werden und Vergehen der Vegetation im jahreszeitlichen Rhythmus, als zweites die Reifung des Menschen durch Entwicklung und Verwirklichung seiner Fähigkeiten ebenso wie durch die Bereitschaft, Leid und Trauer zu ertragen.

Die Zauberflöte beschäftigt sich mit diesen Themen. Es geht um Loslösung und Wiederannäherung, um den Gewinn eines geliebten Menschen und um seinen Verlust, um Angst und Tapferkeit, persönliche Tugend und die Hilfe durch magische Kräfte. Es gibt darin wenig Logik, aber doch eine Kraft, die Menschen bewegt. Diese scheint nicht nur die Kraft der Musik zu sein, obwohl es doch diese ist, der wir es verdanken, daß der Text nicht aufhört, uns zu bewegen. Den Hintergründen dieser Bewegung nachzuspüren, heißt für mich auch, sie intensiver und reicher zu machen: Die Absage an die endgültige Deutung mag Schwung liefern, kreative Möglichkeiten neu zu erschließen und sich auf einen unendlichen Deutungs- und Reifungsprozeß einzulassen.

Ist es Zufall oder Absicht, daß sich die Autoren der Zauberflöte[3] zahlreicher Themen aus den uralten mittelmeerischen

---

[3] Auf dem Theaterzettel ist die Zauberflöte als „eine große Oper in zwei Akten von Emanuel Schikaneder" angekündigt. Später hat der Schauspieler Ernst Ludwig Gieseke behauptet, den Text verfaßt zu haben. Andere meinen, daß Mozart selbst das Libretto mitgestaltet hat. Schikaneder hat wohl die Rolle des Regisseurs/Produzenten ausgefüllt, aber einzelne Arbeiten durchaus delegiert. Der Bassist Sebastian Meyer, Gatte der Josepha Hofer, welche die Königin der Nacht in der ersten Aufführung spielte, berichtet

Kulten bedienen? Ja und nein. Das Interesse an den Inhalten, die wir heute in Volks- und Völkerkunde methodisch untersuchen, hat während der Periode der Aufklärung stetig zugenommen.

Initiation und Moderne

Die Aufklärer interessieren sich für Volkslieder und Ammenmärchen, während sie den Katechismus der Hochkirchen auf Widersprüche untersuchen und gebieterisch Gedankenfreiheit fordern. Das Irrationale wird zum distanziert verfolgten, buntbizarren Schauspiel. Der disziplinierte Gelehrte verbringt seine Lebenszeit damit, wie James Frazer den blutigen Ritualen einer archaischen Religion nachzuspüren. Die Inhalte der Forschung erfüllen eine psychohygienische Funktion für die Forscher, unabhängig von historischer Wahrheit oder Verfälschung.

Das Interesse der Theaterdichter sucht das Interesse des Publikums: eines Publikums, das nach neuen Formen der Spiritualität sucht und gleichzeitig die eigene Menschlichkeit auch auf der Bühne finden will. Die Individualisierung, in der die einzelnen Menschen ihren Halt an Stand und Tradition allmählich verlieren und jeder sein Glück selbst schmiedet, macht den Umgang mit dem Erhabenen zu einer Sache persönlicher Entscheidungen; es reicht nicht mehr aus, sich in den Formen zu bewegen, die vertraut sind.

Die unbegrenzten Möglichkeiten der Magie, die im Zaubermärchen ersonnen und in der Maschinenkomödie mit den Mitteln der damals modernsten Bühnentechnik vorgespielt wer-

---

von einer Szene, in der Mozart die Musik änderte, die er für das erste Treffen von Papageno und Papagena komponiert hatte. Als Schikaneder sie hörte, rief er ins Orchester hinab (er spielte den Papageno in der Uraufführung): „Du, Mozart! Das ist nichts, da muß die Musik mehr Staunen ausdrücken. Beide müssen sich erst stumm anblicken, dann muß Papageno zu stottern anfangen Pa-papapa-pa-pa-; Papagena muß das wiederholen, bis endlich beide den ganzen Namen aussprechen." Mozart hat diese Anregung aufgenommen und eine sehr reizvolle Szene komponiert.

den, widersprechen nur formal der Aufklärung; inhaltlich bestätigen sie den Glauben, daß dem Individuum nichts unmöglich ist. Jeder, der nur will und seine Fähigkeiten ausspielt, kann auch alles erreichen. Die Zauberkraft, der Rückgriff auf die in der Hochreligion längst verlassenen Formen magischer Gestaltung, ist eine sehr moderne Lösung im altertümelnden Gewand. Die Märchenzeit, die Zeit, in der das Wünschen noch geholfen hat, wird zum Symbol der Moderne, in der es zum zentralen Weg zur Identität geworden ist, sich sich selbst zu wünschen, einen Entwurf der eigenen Person zu schaffen und – Impresario eigener Individuation – zu verwirklichen. Auf der Bühne bestätigt das Märchen diese Sehnsucht und tröstet jene, die in der Suche nach ihren hochgespannten Zielen auf der Strecke geblieben sind.

Ich habe die Geschichte in einzelne Motive aufgeteilt und diese in freier Form nach drei unterschiedlichen Deutungsmethoden interpretiert: einer historisch-ritualistischen, einer jungianischen und einer klassisch-psychoanalytischen. Eingestreut sind historische Ausflüge zur Bedeutung der Freimaurer, zu Wielands Märchensammlung „Dschinnistan", zur Biographie Schikaneders und zu dem Fragment zur Fortsetzung der Zauberflöte, das Goethe verfaßt hat. In einem Schlußabschnitt folgen dann allgemeine Überlegungen zu Deutung und Wahrheit, Wissenschaft und Kunst in der Psychotherapie.

Die Geschichte und ihre Wurzeln

Ein allein reisender Mann, Tamino, wird von einer großen Schlange verfolgt. Er ruft die Hilfe der Götter an und fällt in Ohnmacht; die Schlange wird von drei verschleierten Frauen mit silbernen Speeren getötet. Erwacht, trifft Tamino auf einen Vogelmenschen, der sich Papageno nennt und behauptet, sein Retter zu sein. Die drei Damen erscheinen wieder, bestrafen den Hochstapler und geben Tamino ein Bildnis. Dieser verliebt sich sogleich in die dargestellte Frau. Unter Donnergrollen erscheint die Herrscherin des Waldes, die nächtliche Königin, auf einem Sternenthron und fordert ihn auf, das abgebildete Mädchen – ihre Tochter – zu befreien. Ein mächtiger, böser Dämon hat sie ihr entrissen.

Tamino erklärt sich bereit. Er wird von Papageno begleitet. Beide erhalten Geschenke: eine Zauberflöte, die Unheil abwehren kann, und ein Glockenspiel, das Wünsche erfüllt. Drei Knaben geleiten die beiden zum Eingang des Tempelbezirks. Dort wird Tamino zurückgewiesen, Papageno aber kann eindringen und findet Pamina, die von einem schwarzen Sklaven, Monostatos, von einem Fluchtversuch abgehalten und mit Liebesanträgen verfolgt wird. Der Vogelmensch flieht mit Pamina zu Tamino, vom Klang der Flöte geführt. Der Schwarze will die Entflohenen festnehmen, doch Papageno befreit sich durch sein Glockenspiel, das die Häscher zu einem selbstvergessenen Tanz zwingt. Kaum haben sich Tamino und Pamina erblickt und einander ihre Liebe gestanden, tritt der Priesterkönig Sarastro auf. Er ist kein Ungeheuer, sondern ein weiser, gütiger Herrscher, den der Gatte der nächtlichen Königin einsetzte, indem er ihm den magischen, siebenfachen Sonnenkreis übergab. Sarastro überzeugt Tamino, nicht mit ihm zu kämpfen, sondern im Bestehen einer Reihe geheiligter Prüfungen Mitglied der Eingeweihten zu werden. Der Prinz und sein Begleiter unterziehen sich den Proben: Sie müssen schweigen, sie dürfen nicht mit Frauen sprechen. Die Königin der Nacht erscheint ihrer Tochter und versucht, sie zu einem Mord an Sarastro zu bewegen; andernfalls sei sie nicht mehr ihr Kind. Der schwarze Sklave belauscht dieses Gespräch, nimmt Pamina den Dolch und will sie töten, als sie sich weigert, ihm zu Willen zu sein. Sarastro greift ein, rettet die Prinzessin und verstößt Monostatos.

Der Prinz besteht die Prüfungen; Pamina hingegen wird durch seinen Gehorsam gegenüber den Priestern so in ihrer Liebe gekränkt, daß sie sich töten will. Papageno möchte ebenfalls Selbstmord begehen, weil die Priester ihm das gefiederte Mädchen Papagena vorenthalten, in die er sich während der Prüfungen verliebt hat. Beide werden von den drei Knaben vor dieser Tat bewahrt. Pamina begleitet Tamino durch die Wasser- und die Feuerprobe, die sie dank des Schutzes der Flöte bestehen. Monostatos soll Pamina erhalten, wenn er die Königin der Nacht und ihr Gefolge in den Tempelbezirk führt, wo sie Sarastro und die Priester ermorden wollen. Aber ein Gegenzauber verhindert den Sieg der dunklen Mächte und stürzt sie endgültig in den Abgrund. Am Ende sind Prinz und Prinzessin in den Kreis der Eingeweihten aufgenommen. Auch Papageno, der keine der auferlegten Prüfungen bestanden hat, erhält seine Papagena.

Erste Verwirrungen

„Quest" wird in den Heldenepen des Mittelalters die Suche des jungen Mannes nach Abenteuern genannt. In der Regel besteht er Prüfungen, besiegt einen Drachen, findet einen Schatz, erobert eine Jungfrau. Insofern unterscheidet sich der Beginn der Zauberflöte nicht von anderen Geschichten. Aber gleich nimmt die Handlung einen anderen als den erwarteten Verlauf: Der Held wird ohnmächtig. Statt Frauen vor einem Ungeheuer zu retten, wird er selbst durch sie vor der Schlange bewahrt. Diese Szene zeigt bereits einen Teil der Orginalität des Individuationsdramas. Indem Erwartungen enttäuscht und aus der Enttäuschung neue Aspekte gewonnen werden, gleicht das Spiel dem Leben. Auch hier muß der naive narzißtische Anspruch – „meine Wünsche an das Leben sind ganz bescheiden: ich will doch nur, daß alles glatt geht" – überwunden werden, wenn ein Reifungsprozeß einsetzen soll.

Der mächtige Dämon, der eine schöne Tochter raubt, ist ein vertrautes Motiv seit der Persephone-Mythe. Aber wieder wird die typische Verknüpfung der Themen unterbrochen: Der Prinz erobert die Prinzessin nicht dadurch, daß er den Zauberer besiegt (wie etwa in der Geschichte von den „Drei Schwestern"[4]), sondern sich ihm fügt. Der körperliche Kampf wird durch die „Prüfung" ersetzt; das Bildungsbürgertum triumphiert über die Feudalzeit.

---

[4] „Dieses Märchen wird oft gehört, aber allezeit stimmt es der Sache nach mit der auch zum Volksbuch gewordenen Erzählung des Musäus, so daß man es auch hier so finden wird", schreiben die Brüder Grimm in ihrem Kommentar. Der Held besiegt den Zauberer durch die Hilfe magischer Tiere. F. Panzer (Hsg.), Kinder- und Hausmärchen der Brüder Grimm, Vollständige Ausgabe in der Urfassung, Wiesbaden o. J., S. 330.

Die Diskrepanz zwischen dem ersten und dem zweiten Teil der Zauberflöte ist nicht zu übersehen. Die hehre Königin der Nacht wird zu einer bösen Intrigantin, die vor Meuchelmord nicht zurückschreckt und ihre Tochter verstößt, weil sie sich weigert, Komplizin zu sein. Zu Beginn eine mächtige und gütige Herrscherin, die den Prinzen von der Schlange erretten läßt und ihn mit magischen Gaben ausrüstet, wird sie später zur Furie. Aber auch der gütige Priesterkönig ist nicht ohne Makel und Widerspruch: Wie kann es geschehen, daß seine Weisheit nicht ausreicht, die Macht des schwarzen Sklaven zu begrenzen? Die Rolle der drei Knaben scheint ihrer Freiheit von drängenden sexuellen Wünschen zu entsprechen („ihr habt gut reden, habt gut scherzen, doch brennt es euch wie mir im Herzen", singt Papageno). Sie schweben über dem Konflikt zwischen der Königin und Sarastro.

Die Steine des Mosaiks

1. Der Prinz

Müssen wir ihn Prinz nennen, weil sein Vater König ist? Oder ist er Prinz wie jeder Ritter: auf der Suche nach aventure, weil er König werden will, ein Landstreicher und Abenteurer, ein Rätsellöser wie Ödipus oder die Freier von Turandot, ein Sieger über Drachen wie Perseus, Herakles, Bellerophon und das tapfere Schneiderlein? Die Geburt solcher Prinzen ist von einem Geheimnis umgeben, sie waren ausgesetzt wie Perseus und Ödipus, Moses, Romulus und Kyros, sie waren Söhne eines Gottes – eines unbekannten Vaters in den Zeiten der Tempel-Prostitution, die Herodot eindringlich beschrieben hat.[5]

Der einzelne Märchenerzähler, der den Helden seiner Handlung zu einem Prinzen macht, weiß wahrscheinlich nicht mehr von einer Zeit, in der es für jeden so leicht war, König zu werden, wie für den Fremden in einem jüdischen Märchen.[6] Wenn der König keine Probe bestehen muß, sind die Unan-

---

[5] Zu den griechischen Mythen vgl. vor allem Robert von Ranke-Graves, Griechische Mythologie Bde. I u. II, Reinbek 1960. Zur rituellen Prostitution sagt Herodot (A 199): „Jede Babylonierin muß sich einmal in ihrem Leben in den Tempel der Aphrodite setzen und einem fremden Manne hingeben ... Hat sich eine Frau einmal hier niedergelassen, dann darf sie nicht eher nach Hause zurückkehren als bis ein Fremder ihr Geld in den Schoß geworfen und ihr außerhalb des Heiligtums beigewohnt hat. Beim Zuwerfen des Geldes braucht er nur die Worte zu sprechen: ich rufe dich zum Dienste der Königin Mylitta." Zit. n. J. Feix (Hg.), Herodot, Historien, München (Heimeran) 1963, S. 185
[6] Jüdische Märchen Nr. 165: Der Jahreskönig. Micha ben Gorion, Der Born Judas, Wiesbaden 1959. Der Jahreskönig ist ein Fremder, der ein Jahr lang von den Bürgern einer Stadt gefeiert und dann hinausgeprügelt wird.

nehmlichkeiten seines Amtes so groß, daß kein Einheimischer bereit ist, es zu übernehmen. James Frazer hat eine lange Reihe solcher Opfer- und Sündenbockrituale der heiligen Könige beschrieben. Es scheint, daß der König sein heiliges und gefährliches Amt in den Anfängen der mittelmeerischen Kulturen Europas dadurch erkaufte, daß er von seinen Anhängern oder von einem Nachfolger getötet wird. Er büßt für die grundsätzliche Sünde der Machtausübung, er wird zerstückelt und in einem kannibalischen Fest verzehrt (die Totemmahlzeit). Sein Blut, über die Felder gesprengt, sichert die Fruchtbarkeit.[7]

2. Die Schlange

Die Schlange ist das heilige Tier par excellence; ihr schlechter Ruf im Juden- und Christentum rührt daher, daß die Hochreligionen die früheren Natur- und Furchtbarkeitskulte unterdrückten. In zahllosen Darstellungen sind Schlangen die Begleiter der kleinasiatischen und kretischen Mondgöttin, der Herrin der Wälder und Berge. Wer Schlangen während der Paarung stört, wird blind, impotent oder in eine Frau verwandelt, wie der griechische Seher Teiresias.[8] Im pelasgischen Schöpfungsmythos, den Graves zu rekonstruieren suchte, in der hebräischen, ägyptischen, babylonischen und sumerischen Mythologie spielt die Weltschlange, die das Weltei ausbrütet oder aus deren Körper die Welt geschaffen wird, keine geringere Rolle als die Mitgardschlange in der nordischen Sage der Edda. Graves verdichtet die unterschiedlichen Quellen in einer eigenen, poetischen Vision der Königin der Nacht und ihrer Schlange:

„Am Anfang war Eurynome, die Göttin aller Dinge. Nackt erhob sie sich aus dem Chaos. Aber sie fand nichts Festes, darauf sie ihren Fuß setzen konnte. Sie trennte daher das Meer vom

---

[7] James Frazer, The Golden Bough, 10 Bände, London 1910.
[8] Ovid, Metamorphosen III, 320.

Himmel und tanzte einsam auf seinen Wellen. Sie tanzte gen Süden und der Wind, der sich hinter ihr erhob, schien etwas Neues und eigenes zu sein, mit dem das Werk der Schöpfung beginnen konnte. Sie wandte sich um und faßte diesen Nordwind und rieb ihn zwischen ihren Händen. Und, siehe da! es war Ophion, die große Schlange. Eurynome tanzte, um sich zu erwärmen, wild und immer wilder, bis Ophion, lüstern geworden, sich um ihre göttlichen Glieder schlang und sich mit ihr paarte. So ward Eurynome vom Nordwind, der auch Boreas genannt wird, schwanger. Dies ist der Grund, warum Stuten so oft ihr Hinterteil dem Winde entgegenhalten und trächtig werden ohne Hilfe eines Hengstes.

Dann nahm Eurynome die Gestalt einer Taube an, ließ sich auf den Wellen nieder und legte zu ihrer Zeit das Weltei. Auf ihr Geheiß wand sich Ophion siebenmal um dieses Ei, bis es ausgebrütet war und aufsprang. Aus ihm fielen alle Dinge, die da sind: Sonne, Mond, Planeten, Sterne, die Erde mit ihren Bergen und Flüssen, ihren Bäumen, Kräutern und lebenden Wesen.

Eurynome und Ophion schlugen ihr Heim auf dem Berge Olympos auf. Hier rief er ihren Unwillen hervor, weil er behauptete, der Schöpfer der Welt zu sein. In ihrem Zorn trat sie ihm mit der Ferse auf den Kopf, schlug ihm dabei die Zähne aus und verbannte ihn in die dunklen Höhlen unter der Erde."[9]

Der letzte Teil dieses Ophion-Mythos findet sich auch in den hebräischen Traditionen: „Sie wird deinen Kopf zertreten und du wirst nach ihrer Ferse stechen", verflucht Gott die Schlange in Genesis. Obwohl ich in Italien beobachtet habe, daß die Bauern und Hirten jede Schlange töten, derer sie habhaft werden, ist es in vielen Märchen unheilvoll, das zu tun. Dies verweist auf die Heiligkeit der Schlangen. Schlangen galten als die Wie-

---

[9] R. Graves, Griechische Mythologie, Bd.I, Reinbek 1960, S. 22. Nur Fragmente dieses Mythos haben überlebt, vor allem bei Apollonios Rhodios, Tzetzes und in den orphischen Mysterien. Graves' These, „Frauen waren das herrschende Geschlecht und der Mann ihr angsterfülltes Opfer", trifft in dieser extremen Form wahrscheinlich nicht zu.

dergeburt Toter; Pulver, das man aus einer Schlange brennt, die am ersten August getötet wurde, macht Feinde gefügig und Diener treu. Wer Schlangenfleisch ißt, erkennt die Heilkräuter; Paracelsus wurden Rezepte von einem „Haselwurm" verraten. In China glaubt man heute noch an die (potenz)stärkende und verjüngende Kraft von Schlangenfleisch; in der Antike war dieser Aberglaube auch in Europa verbreitet. Siegfried leckt Fafnirs Blut und versteht daraufhin die Sprache der Vögel; in einem Märchen der Gebrüder Grimm („Die weiße Schlange") ist dieselbe Wirkung beschrieben. Ähnlich verdanken auch die Seher der Antike ihre Voraussicht einer Schlange, die ihnen Ohren oder Augen ausleckt.

Auch die Flucht vor der Schlange ist ein Motiv vieler Volkssagen. Sie hängt meist damit zusammen, daß der Schlangenkönig eine Krone trägt, die er ablegt, ehe er badet. So kann sie ihm ein Mutiger rauben. Aber die Schlangen verfolgen den Räuber erbittert. Er muß im Laufen etwas zurückwerfen (beispielsweise einen Schuh, auf den sich dann die Schlangen stürzen), muß mit seinem Pferd über eine Mauer oder einen Bach setzen, muß im Zickzack laufen. Oft wird der Räuber der Krone in dem Augenblick getötet, in dem er sich entronnen meint – er entkommt, aber eine Schlange hat sich in den Schweif des Pferdes verbissen. [10]

3. Die Schlange und die drei Damen

Auf einer etwa 3000 Jahre alten Gemme, die Robert Graves abbildet, stehen drei Frauengestalten neben einer Schlange. Vor ihnen steht ein Jüngling; über ihnen fliegen Kraniche. [11] In diesem Buch beschreibt Graves auch, wie sich Bildinhalte verändern: Religiöse Bilder, deren kultischer Sinn nicht mehr ver-

---

[10] Handwörterbuch des deutschen Aberglaubens, Bd. VII, S. 1177 „Schlange".
[11] R. Graves, The White Goddess, London 1958, deutsch: Die weiße Göttin, Reinbek 1984.

standen wird, werden im Zug einer Wandlung der religiösen Vorstellungen und des Zeitgeistes neu interpretiert. Graves nimmt archäologische Zeichen wie diesen geschnittenen Stein als Hinweis darauf, daß das Dreifaltigkeitskonzept älter ist als die christliche Theologie. Es war ursprünglich ein Kalender- und Lebenszeitmythos: Die drei Aspekte der großen Göttin als Jungfrau (Artemis-Athene), Mutter/Geliebte (Aphrodite-Hera) und Greisin/Todesgöttin (Hekate) stehen auch für die drei großen Jahreszeiten der mittelmeerischen Länder: Frühling, Sommer/Herbst, Winter, Zeit der Saat, Zeit der Ernte, Zeit der Ruhe.

4. Die nächtliche Königin

Der Jüngling war ursprünglich der „Blütenprinz", ritueller Liebhaber der Schlangen- und Nachtgöttin in ihrem dreifachen Aspekt als wachsender, voller und abnehmender Mond, als Mädchen, Nymphe und altem Weib. Die Göttin tritt manchmal allein, manchmal in Dreiergestalt auf.

Die Schlange als Begleiterin, die nächtliche Stunde, das Auftreten als Triade und die Klage um eine verlorene Tochter zeigen allesamt die Nähe der nächtlichen Königin zu der asiatischen Mond- und Fruchtbarkeitsgöttin, deren Kulte so vielgestaltig sind wie ihre Namen: Astarte, Kybele, Demeter, Isis, Eurynome, Kali; in Sumer Iahu, woraus sich später Jehova entwickelt hat.[12]

Laut Schikaneders Bühnenanweisung fährt Sarastro auf einem Triumphwagen, der von sechs Löwen gezogen wird. Diese Löwen hat er seiner Feindin ausgespannt; sie waren ursprünglich die heiligen Tiere der Mondgöttin, von der sich auch der blaue Mantel der Marien-Ikonographie herleitet. In Kreta wurden Hunderte von Statuetten der Göttin oder ihrer Priesterinnen gefunden: mit glockenförmigem Rock und nackten Brüsten, eine Schlange in jeder ausgestreckten Hand. Nach Diodo-

---

[12] R. Graves, Griechische Mythologie, a.a.O., Bd. I, S. 23.

rus Siculus (V, 77 und V, 79) waren kretische Riten den eleusinischen Mysterien ähnlich. Die Kreter behaupteten, alle Geheimkulte seien auf ihrer Insel erfunden worden. Christoph Martin Wieland, der die von Schikaneder ausgiebig benutzte Märchensammlung „Dschinnistan" herausgab, war ein guter Kenner der griechischen Mythologie. Er hat Lukian übersetzt.

„Oh Isis und Osiris" singen die Eingeweihten. Isis ist die Königin der Nacht, die Mondgöttin; ihr Kult, dessen Erbe im Mittelmeergebiet die Marienverehrung antrat, war ein wesentlicher Glaube der griechisch-römischen Welt, „die einzige heidnische Religion, die universell hätte werden können", wie Grant sagt.[13] Isis ist die Göttin der zehntausend Namen, die alle anderen Göttinnen in sich aufnahm und sich in jede Gestalt verwandeln konnte. So hat sie Apuleius in dem spätantiken Roman „Der goldene Esel" geschildert, und viele Merkmale weisen auf die nächtliche Königin:

„Ich hatte kaum die Augen geschlossen, da stieg aus dem Meer die Erscheinung einer Frau empor mit so lieblichem Antlitz, daß die Götter selbst anbetend in die Knie gesunken wären. Anmutig tauchte zuerst das Haupt, dann der ganze schimmernde Leib hervor und stand vor mir, auf der Wellenfläche schwebend. Ich will versuchen, diese überirdische Vision zu beschreiben, obschon die menschliche Sprache viel zu arm ist, aber vielleicht wird die Göttin selbst mir soviel dichterische Phantasie einflößen, daß ich einen leisen Abglanz dessen vermitteln kann, was ich gesehen habe.

Ihr langes, dichtes Haar fiel in spitz zulaufenden Locken auf den lieblichen Nacken herab und war mit einem kunstvollen Kranz gekrönt, in den alle Blumen der Erde eingeflochten waren. Gleich über der Stirn leuchtete eine runde Scheibe wie ein Spiegel oder wie das helle Antlitz des Mondes, die mir verkündete, wer sie sei. Vipern, die sich aus dem linken und dem rechten Scheitel ihres Haares emporreckten, trugen diese Scheibe,

---

[13] J. Grant, The World of Rome, London 1960, S. 297.

umgeben von vollen Kornähren. Ihr buntes Gewand war aus feinstem Linnen, zum Teil strahlend weiß, zum Teil krokusgelb, zum Teil feuerrot; am unteren Rand hing, von einem Windhauch bewegt, eine geflochtene Bordüre aus Blumen und Früchten.

Mehr als alles andere aber fesselte meinen Blick der tiefschwarze Glanz ihres Mantels. Sie trug ihn lose über den Körper geworfen von der rechten Hüfte bis zur linken Schulter, wo er zu einem Knoten gerafft war, der einem Schildbuckel glich; zum Teil jedoch hing er in zahllosen Falten herab und die mit Quasten besetzten Ränder flatterten sanft. Er war am Saum und auch sonst überall mit funkelnden Sternen bestickt und in der Mitte leuchtete ein strahlender Vollmond. In der rechten Hand hielt sie eine Bronzeklapper, wie man sie braucht, um den Gott des Schirokko zu verscheuchen; der schmale Rand war wie ein Schwertgürtel gekrümmt, und quer hindurch liefen drei kleine Stäbe, die laut klapperten, wenn sie den Griff schüttelte. Von ihrer linken Hand hing eine kahnförmige goldene Schale herab, und an der oberen Kante des Griffs schlängelte sich eine Natter entlang mit aufgeblähtem Hals und stoßbereitem Kopf. An ihren Götterfüßen saßen Sandalen aus Palmblättern, Symbole des Sieges.

Alle Wohlgerüche des Ostens stiegen zu mir auf, als die Göttin mich anzusprechen geruhte: ‚Du siehst mich hier, Lucius, weil ich dein Gebet erhört habe. Ich bin die Natur, die Allmutter, die Herrin der Elemente, Urkind der Zeit, Höchste der Gottheiten, Königin der Ahnen, Königin auch der Unsterblichen, die einzige Offenbarung aller Götter und Göttinnen, die da sind. Mit einem Wink beherrsche ich die leuchtenden Himmelshöhen, die wohltätigen Meereswinde, das jammervolle Schweigen der Unterwelt. Obwohl ich in vielen Gestalten verehrt werde, unter zahllosen Namen bekannt bin und man mich mit vielen Riten gnädig stimmen will, bin dennoch ich es, die von der ganzen runden Erde angebetet wird.'"

5. Der Vogelmensch

Der Vogelmensch war ursprünglich, wie die Schlange, ein Begleiter der großen Göttin, einer ihrer Aspekte, solange sie als Herrin der wilden Tiere verehrt wurde – in Ephesos in Kleinasien bis in historische Zeit. Gefiederte, mit magischen Kräften ausgerüstete Wesen waren in der Mythologie meist weiblich (Sirenen, Harpyen). Wir können uns ein Bild vorstellen, auf dem die göttliche Dreifaltigkeit als Frau, Schlange und Vogelmensch dem Prinzen entgegentritt. Noch Athene war von einer Eule, Hera von einem Pfau und Aphrodite von Tauben begleitet. In der Zauberflöte ist der Vogelmensch ganz von der Königin getrennt und buchstäblich ohne Vater und Mutter aufgewachsen. Daß er behauptet, die Schlange getötet zu haben, ist nicht ohne Symbolik: Das Element der Luft bezwingt die Erdschlange. Schikaneder hat aus dem Vogelmenschen einen liebenswürdigen Hanswurst entwickelt, einen selbstironischen, liebeshungrigen und an der Liebe verzweifelnden Charakter mit viel Oberfläche und gar nicht wenig Tiefe, der dem heroischen Gehabe des Prinzen zur Folie dient und die Sympathien derer erweckt, die übertriebenem Heldentum nichts abgewinnen können. Wir haben ihn in der Einleitung mit den Mudheads verglichen, Maskentänzern der Pueblo-Indianer, welche die Bewegungen der erhabenen, türkisgeschmückten Helden karikieren und imitieren.

Der Vogelmensch ist nicht einfach Diener des Prinzen, sondern ihm teilweise gleichgestellt. Auch er erhält ein magisches Geschenk – die dionysische Schelle, die Klapper der Isis – und gewinnt eine Frau. Ein wenig sind wir an die Freundschaft von Gilgamesch mit Enkidu erinnert, der auch mit den Tieren aufwuchs und über und über behaart war, ein wenig an die vielen Schilderungen ungleicher Paare und hilfreicher Tiere im Märchen.

Das Motiv des Vogelfängers hat Beziehungen zum Tod, denn der Vogel gilt auch als Symbol der Seele. Die Sirenen sind auf den antiken Grabmälern Todesengel, ihre Lieder eine Totenklage, was in der Antike aber erotische Absichten auf die verstorbenen Helden keineswegs ausschließt. In den mittelalterlichen Bestiarien werden die Sirenen Sinnbilder irdischer Lüsternheit und weiblicher Verführungskünste. Hugo Rahner hat in seinem Aufsatz „Odysseus am Mastbaum" das Schicksal des Sirenen-Motivs bei den Kirchenvätern verfolgt. Er geht freilich nicht auf die Herkunft des Motivs selbst ein. [14]

Sollen wir uns Odysseus am Mastbaum als eine Darstellung des heiligen Königs vorstellen, der unter den Blicken der Göttin in ihrer Raubvogel-Inkarnation auf einem Toteneiland geopfert wird? Solche Überlegungen führen jedenfalls weit fort vom Text der Zauberflöte; geblieben ist Papageno als „Sinnbild irdischer Lust" – also doch ein Siren. Wenn Papageno alle Prüfungen bestanden hätte, könnte sein Lohn nicht größer sein. Das Märchen anerkennt die Gerechtigkeit so gut wie die Ungerechtigkeit, lebensnah und wenig pädagogisch. Wie in der Natur werden Gaben ungleich verteilt.

6. Die magischen Geschenke

Wer möchte nicht gerne eine Tarnkappe, einen stets gedeckten Tisch, Flügelschuhe oder Siebenmeilenstiefel? Die Gaben des Märchens spiegeln die Wünsche einer Epoche. Sie sind oft Auszeichnungen durch ein übermenschliches Wesen, Patengeschenke, Gunsterweise. In feudalen Zeiten war die Freigebigkeit des Lehnsherrn ein ebenso großer Wert wie in bürgerlichen die Sparsamkeit des Hausvaters. Die Zauberflöte steht an der Schwelle des Übergangs: Die Königin der Nacht ist unberechenbar, großzügig und grausam wie die Feudalherren; Sarastro hingegen mit seinem Prüfungskommittee kündet eine neue Zeit. Das Geschenk gibt dem Träger ein Stück der Magie des Schenkenden mit auf den Weg; am deutlichsten ist das in den Gaben der hilfreichen Tiere, die durch geschenkte Haare, Federn, Schuppen sofort herbeigerufen werden.

---

[14] H. Rahner, Griechische Mythen in christlicher Deutung, Zürich 1949 und Freiburg i. Br. 1992.

Die nächtliche Königin bleibt sich auch in der Wahl der Geschenke selbst treu: Flöte und Schelle erklingen bei den orgiastischen Festen, für die in der Antike Dionysos im Gegensatz zu Apollon mit seiner Lyra stand. Der Prinz lockt und zähmt die wilden Tiere wie Orpheus: Der heilige König wird, ehe ihn die Inkarnationen der totemistischen Clans gegen Ende seiner Regierungszeit opfern, von ihnen, die in Tiermasken vermummt sind, umtanzt. (Auch Orpheus erlitt das Schicksal eines heiligen Königs: Er wurde von Mänaden Glied um Glied zerstückelt.)[15] Pentheus, König von Theben, wurde von seiner eigenen Mutter, die sich den Tänzerinnen angeschlossen hatte, zerissen.[16]

Die Macht der Musik über Mensch und Tier wird in den magischen Geschenken zur Unwiderstehlichkeit gesteigert. Das ist nicht nur ein Entgegenkommen des Dichters an den Komponisten, sondern auch ein Rückgriff auf ehrwürdige Traditionen. Wenn Papageno mit seinem Glockenspiel den bösen Mohren bannt, tut er nichts anderes als Isis, die den schwarzen Seth mit ihrer Klapper vertreibt: ein Ritual, das Regen oder das Schwellen des Nils gegen die unfruchtbare Dürre des Schirokko setzt; die Töne spiegeln die Musik der Regentropfen. Vernichtende Strafen trafen jene, die sich dem Fruchtbarkeitsritus widersetzten.

Aus welchem Holz ist die Zauberflöte gemacht? Dazu gibt es vor der Probe der Elemente einen Hinweis.

> Pamina:
> Es schnitt in einer Zauberstunde
> Mein Vater sie aus tiefstem Grunde
> Der tausendjährigen Eiche aus.
> Bei Blitz und Donner, Sturm und Braus.

---

[15] R. Graves, Griechische Mythologie, Bd. I, S. 99. Im Orpheus-Mythos gibt es viele Szenen, die an die Zauberflöte erinnern, z.B. eine, in der er die Schlangengöttin Hekate in der Unterwelt durch seine Musik bezaubert. Graves verweist auch auf eine Tradition, nach der Orpheus die Erlenflöte und nicht die Leier spielte, ein Priester des Dionysos war und nicht der apollinische Opponent der dionysischen Menschenopfer.
[16] Ovid, Metamorphosen III, 714ff; Euripides, Bakchai.

Die Flöte ist nicht aus Eichenholz, sondern aus einer Mistel geschnitzt: aus jenem berühmten „goldenen Zweig", der für Aineias die Rückkehr ins Leben, für den Priesterkönig von Nemi und Baldur aber den Tod bedeutet.

Wie Aineias einen Zweig der Mistel mitnimmt, um nach seinem Abstieg in die Unterwelt wieder zurückzufinden, so schützt auch Tamino die goldene Flöte vor den tödlichen Gefahren der Elementargeister.

„Ich betrat Proserpinas Schwelle und nachdem ich durch alle Elemente gefahren, kehrte ich wiedrum zurück", schildert Lucius im „goldenen Esel" des Apuleius seine Einweihung in die Isis-Mysterien. [17]

Die Zauberflöte ist „golden"; auch das paßt zur Mistel, die ein „rich golden yellow" annimmt, wenn sie geschnitten und einige Tage aufbewahrt wird. [18] Die Mistel ist nicht nur golden, sie führt auch zu Gold, an den bösen Geistern vorbei, welche die Schätze bewachen: Der Schatz ist das weltliche Symbol der spirituellen Erleuchtung und Selbst-Findung; Schatzsuche und Einweihung in Mysterien haben viele rituelle Gemeinsamkeiten. Der Mistelzweig zeigt den Weg zu den verborgenen Schätzen so gut wie den durch die Unterwelt. Und der Adept der Mysterien muß fasten, schweigen, Prüfungen auf sich nehmen. Die magische Wirkung der Mistel sollte helfen, den Rückweg zu finden, im Hades nicht die eigene Identität zu verlieren, wie es anderen Sterblichen durch den Trunk aus Lethe, dem Fluß des Vergessens, geschieht.

Wenn unsere Vermutung zutrifft, daß Paminas Vater die Zauberflöte aus dem „Herz der Eiche" schnitt (die immergrüne Mistel an dem kahlen Stamm galt als der Sitz des Lebens, das „Herz" des Baumes), können wir auch die Zeit rekonstruieren: Es war die Sommer-Sonnenwende, denn da hat die Mistel die größte Kraft. Auch Blitz und Donner sind nicht frei erfundene Ausschmückung: Die Mistel wächst dort, wo der Blitz des Himmelsgottes den Stamm getroffen und seine magischen

---

[17] Will Erich Peukert, Geheimkulte, Heidelberg 1951, S. 513.
[18] James Frazer, The Golden Bough, London 1921, S. 921.

Qualitäten verstärkt hat. Angeblich schlägt der Blitz häufiger in Eichen als in jeden anderen Baum („Eiche weiche, Buche suche"). Vom Blitz getroffene Eichen galten Griechen, Kelten und Germanen als Zeichen der Epiphanie des Himmelsgottes. Sie wurden besonders verehrt; wahrscheinlich entstand das älteste Orakel Griechenlands, die von Dreifüßen umstandene Eiche von Dodona, an einer solchen Stätte.

7. Die drei Knaben

Die drei Knaben sind ein Gegenstück zu den drei Damen. Wenn wir die drei Damen für eine triadische Variante der Göttin halten, liegt es nahe, hinter ihnen ebenfalls *einen* Knaben zu sehen, der zu Isis oder Aphrodite gehört, anderseits aber auch der Göttin nicht gehorcht, sondern eigene Wege einschlägt, eine Mittlerrolle übernimmt: Eros, Amor, der Horus-Knabe. Auch er ist geflügelt und taucht, nicht unähnlich den drei Knaben, dann auf, wenn es gilt, Liebende zu verbinden. Die drei Knaben unterstehen zunächst dem Befehl der Königin, doch übersteht ihre Macht deren Fall und bewährt sich auch in Sarastros Reich, zu dessen Geheimnissen und Prüfungen sie Zugang zu haben scheinen. Sie trösten den Prinzen, verhindern Paminas Selbstmord und führen den Vogelmann und die Vogelfrau zusammen.

In der von Schikaneder benutzten Märchensammlung von Christoph Martin Wieland[19] gibt es in einer Erzählung, als deren Verfasser Wieland im Vorwort einen Herrn von E. nennt, „drei kluge Knaben", die unter silbernen Palmbäumen mit goldenen Blättern sitzen und weisen Rat geben. Später erscheinen sie auf einer Wolke als „dei ex machina", um einen Schäfer wiederzubeleben, den ein grausamer Zauberer Stück für Stück tötet, um sich dessen Geliebte hörig zu machen. Sie retten den Helden, der den Bösewicht erschlägt; die drei Knaben kehren

---

[19] Ch. M. Wieland, Dschinnistan oder auserlesene Feen- und Geistermärchen, Winterthur 1789.

wieder unter ihre Palmen zurück. Der silberne Palmenzweig, den sie bei Schikaneder tragen (I, 15) erinnert an diesen Text, ebenso wie das Flugwerk und die ihnen zugeschriebene Weisheit.

8. Der schwarze Sklave

Wir haben erwähnt, wie wenig Monostatos in das Reich der Weisen paßt. Warum wird er nicht nur geduldet, sondern sogar beauftragt, die Prinzessin zu bewachen, versessen darauf, sie zu besitzen? Eine Lösung wäre, daß der Priester ursprünglich mit dem gierigen Schwarzen identisch war, er war Hades, der Kore „an einem schönen Maientag" aus dem „alles belebenden Zypressenwäldchen" entführt hat (Zauberflöte, I, 5). Schwarz ist auch Seth, der Gott des Schirokko, der den Osiris tötet und sich mit Isis vermählt, bis ihn wiederum Horus tötet, die Inkarnation des Osiris, der Isis zurückgewinnt. So läßt sich eine zyklische Variante des ägyptischen Mythos rekonstruieren, die in klassischer Zeit umgeformt wurde: Zwar tötet Seth den Osiris, doch Isis bleibt dem Toten treu, beweint ihn, empfängt von seinem wiederbelebten Phallus den Horusknaben, der seinen Vater an Seth rächt. Die Rolle der Göttin ist gereinigt, sie ist nicht die Gemahlin der wechselnden Könige des Sommer- und Winderhalbjahres, sondern die majestätische Mondgöttin, als die wir sie aus Apuleius' Beschreibung kennen.

Der Beginn der Zauberflöte gehorcht noch diesem europäischen Urmythos: Tamino als künftiger Paredros (Jahreskönig der Priesterkönigin) wird von der großen Göttin beauftragt, seinen Nebenbuhler zu töten, dessen Zeit zu Ende ist (I, 6). Als Belohnung soll er die Gunst der Göttin erhalten, nachdem sie sich durch ein magisches Bad wieder verjüngt hat. Der Vater Taminos wäre dann ein Opfer Sarastro-Monostatos' geworden. Wie Perseus von der eulengestaltigen Athene, wird Tamino von dem Vogelmenschen beraten, wie er seine Aufgabe am besten erledigen kann. Er erhält magische Geschenke, tötet den dunklen König und setzt sich an seine Stelle. Ursprünglich, vermutet auch Zentner[20], sollte „nicht das Licht, sondern der Schatten Sarastros Sphäre sein". Tamino hätte Sarastro besiegen und an Paminens Seite das Reich der jungen Königin regieren sollen: Wie in Theben und Mykene ist auch im Reich der nächtlichen Königin die Herrschaft matrilokal.

9. Der Priesterkönig

Nach einer literaturgeschichtlichen Tradition ist Ignaz von Born das Vorbild zu Sarastro.[21] Der Mineraloge, Metallurge, Freimaurer und Theaterdichter wurde 1742 in Karlsburg, im damaligen Transsylvanien geboren; er war Jesuitenzögling und 16 Monate Mitglied dieses Ordens, verließ diesen dann, studierte Jurisprudenz in Prag, reiste durch ganz Europa, studierte Metallurgie und trat bei seiner Rückkehr nach Prag 1770 in die dortige Verwaltung der Bergwerke und des Münzwesens ein (eine ähnliche Position hatte Goethe in Weimar).

1776 holte ihn Maria Theresia nach Wien; er sollte dort das kaiserliche Museum einrichten. Born hat die Technik der Amalgamierung von Edelmetallen entwickelt, die dadurch aus dem Gestein extrahiert werden können (Über das Anquicken der Erze, 1786 und Bergbaukunde, 1789). Neben montanwissenschaftlichen Werken veröffentliche der umfassend gebildete Born auch Satiren auf Beamte (Die Staatsperücke) und Jesuiten. An einem Text, in dem Mönche in der technischen Sprache der Naturgeschichte beschrieben sind (Monachologia), hat er mitgearbeitet. Das war wohl auch der Berührungspunkt zwischen ihm und Schikaneder. Die Lehre der Freimaurer enthält viele mythologische und alchemistische Aspekte; Born, der in philologischen und theologischen Traditionen ebenso zu Hause war wie in der modernen Chemie, scheint als Vorbild

---

[20] W. Zentner, Die Zauberflöte. Einleitung zum vollständigen Buch, Stuttgart 1962. Die Textstellen sind so zitiert: Römische Zahl = Aufzug, arabische = Auftritt.
[21] Zentner a.a.O., S. 15.

für einen weltlichen Priester geeignet, der eine Vernunftreligion stiftet, Aberglaube und Blendwerk des kirchlichen Machtsystems jedoch bekämpft.

Die Priestergemeinschaft hat durchaus homoerotische Qualitäten; vor allem hegt sie ausgesprochene Vorurteile gegen Frauen („Ein Weib tut wenig, plaudert viel", „Ein Mann muß ihre Schritte leiten, denn ohne ihn pflegt jedes Weib aus seinem Wirkungskreis zu schreiten"). Die Figur des Sarastro ist in sich widerspruchsvoll: einerseits Vorstand eines demokratischen Kollegiums von Eingeweihten, die über seine Anträge abstimmen – aber immer seiner Meinung sind, anderseits fast gottähnlich, autokratisch, Richter über Sklaven, Jäger, Besitzer des mächtigen Sonnenkreises. Wie Kybele fährt er auf einem goldenen, von Löwen gezogenen Wagen. Hier sind mythologische, allegorische und historische Momente verdichtet: Als Gegenspieler einer Göttin ist Sarastro selbst ein Gott, als der einer Frau ein weiser Mann, als der des Aberglaubens eine Personifikation von Vernunft, als der des Dunkels ein Priester des Lichts der Aufklärung. Auch im Vernunftglauben kann ein Stück Tyrannei stecken. Die Geschichte der französischen Revolution, deren Zeitgenossen Mozart und Schikaneder waren, hat das zur Genüge gezeigt. Sarastro: „Wen solche Lehren nicht erfreun/ Verdienet nicht, ein Mensch zu sein."

10. Der mächtige Sonnenkreis

Der Gatte der nächtlichen Königin, Paminas Vater, über dessen Leben und Tod nichts berichtet wird, hat Sarastro zu seinem Nachfolger ernannt und ihm den mächtigen, siebenfachen Sonnenkreis übergeben.

Es handelt sich wohl um das Symbol eines pythagoräischen Weltbildes, das in der antiken Kosmologie eine große Rolle spielt und wohl sumerische Wurzeln hat: Die sieben Sphären sind Sonne, Mond und die fünf Planeten. (Uranus wurde zwar 1781 entdeckt, doch hatte diese Entdeckung keinen Einfluß auf das archaische Weltbild.) Die berühmtesten Sonnenanbeter der

Antike waren die Perser und die Ägypter; auch in Griechenland hatten Helios und Apollon zahlreiche Tempel. Plato, der die Humanisten der Renaissance am meisten beeindruckt hat, nannte die Sonnensphäre den „Sproß des ersten Gottes".

Auch die Stoiker hielten an der Ansicht fest, daß die Menschenseele einen Sonnenfunken enthält. In den komplizierten Systemen der Neuplatoniker, z. B. von Marsilio Ficino, dem Freund und Lehrer des Lorenzo dei Medici in Florenz, hat sie Anteil an irdischer Klugheit und überirdischer Inspiration. Sie wird aber durch ihre materiellen Anteile stets beschwert und verwirrt.

Zwei römische Kaiser, Heliogabalus aus Syrien (218 bis 222 n. Chr.) sowie der Illyrer Aurelian etablierten in der Metropole eine fast monotheistische Staatsreligion mit dem Kult des unbesiegten, unbesiegbaren Sonnengottes (sol invictus) als Symbol der römischen Zentralmacht.[22]

In allen Religionssystemen der Antike spielten die sieben Planetenmächte eine Rolle; wir erkennen sie auch noch in den illuminierten Manuskripten des Mittelalters oder in den Kalenderdarstellungen der romanischen Kunst. Jede Planetensphäre hatte ihre eigenen Farben, Mineralien, Pflanzen, Tiere, sogar Vokale, was man sich in Zaubersprüchen zunutze machte. Die Planeten bestimmten die Heilkraft von Arzneipflanzen und den günstigsten Zeitpunkt für eine Ehe, einen Aderlaß, für Saat und Ernte.

Der siebenfache Sonnenkreis hängt mit dem Bild der kreisförmigen Sphäre zusammen, welche die Erde wie eine durchsichtige Kristallwand umschließt. Das nur dem Eingeweihten hörbare Tönen, wenn sich diese Sphären aneinanderreiben (die sprichwörtliche „Sphärenmusik"), war ein Mythologem der Pythagoräer, wahrscheinlich ebenfalls mit asiatischen Wurzeln. Auf ihrem Weg zu Gott, der jenseits des Getümmels dieser Sphären ist, wird die Seele durch die Planeten beunruhigt, verwirrt, aber auch getröstet und ergötzt.

---

[22] F. Altheim, Römische Geschichte, Berlin 1956.

Der Sonnenkreis ist nicht nur mächtig, sondern auch „alles verzehrend" (II, 8). Er gibt Sarastro magische Macht über Tag und Nacht (II, 30). In der Spätantike wurde Chronos (die Zeit, deren Sohn Aion war), mit Kronos, dem Sonnengott und Vater des Zeus identifiziert, der seine eigenen Kinder verschlang. Im Zug dieser Gleichsetzung wird die „alles verschlingende Zeit" auch als die „alles verzehrende Sonne[23]" dargestellt.[24]

Der humanistische Dichter Petrarca, einer der Pioniere der Neubelebung spätantiker Themen in der Renaissance, läßt in seinen Trionfi die Keuschheit über die Liebe, den Tod über die Keuschheit, den Ruhm über den Tod und schließlich die Zeit über den Ruhm triumphieren. Die Sonne schildert er dabei als den Führer der Zeit.

Während sich die Antike scheute, Saturn-Kronos bei seinem kannibalischen Akt darzustellen, ist das Mittelalter hier nicht so zurückhaltend, ebensowenig wie die spätere Zeit. Panofsky bildet einen Holzschnitt ab, auf dem Saturn gleichzeitig ein Kind verschlingt und von einem anderen Kind kastriert wird. Die alles verzehrende Zeit ist noch im 18. Jahrhundert ein beliebtes Motiv; bekannt geworden ist Goyas grausige Radierung.

11. Die Prüfungen der Eingeweihten

In die meisten antiken Mysterien wurde jeder unbescholtene Freie eingeweiht. Gelegentlich war der Zugang auf Einheimische begrenzt, wie in Eleusis während der klassischen Zeit.

---

[23] In einem Grimmschen Märchen ist die Sonne eine Menschenfresserin, die mit dem Drohspruch „ich rieche, rieche Menschenfleisch" nach dem Heldin sucht. Hier zeigt sich der Einfluß mittelmeerischer Erfahrungen. In Nordeuropa ist die Sonnengöttin weiblich, ihre Strahlen sind liebevoll, zärtlich, holen die Menschen ins Freie. In Südeuropa ist der Sonnengott grausam und treibt jeden, der nur fliehen kann, in den Schatten. Liebevoll ist die Mondgöttin, die fruchtbringenden Tau auf die Felder fallen läßt. Helios und Sol waren männliche Götter – il sole, le soleil, el sol sind männlich geblieben.

[24] Erwin Panofsky, Studies in Iconology, New York 1962, S. 79.

Der Adept mußte Bürgen stellen, die dem Kreis der Eingeweihten angehörten. Die Prüfung ist ein sehr geläufiges Märchenthema, das einerseits das Sprichwort illustriert „ohne Fleiß kein Preis", andererseits aber uralte Verbindungen zu dem rituellen Wettbewerb um die Rolle des Jahreskönigs hat, des Paredros der Göttin-Priesterin. Nicht ohne Bezug zu diesen Riten sind es im Märchen meist eine Prinzessin und ein Königreich, die dem winken, der die Prüfungen besteht. Freilich ist im Ritus nicht vom Tod bedroht, wer den Wettbewerb verliert, sondern jener, der ihn gewinnt. Die Verlierer bleiben sterbliche Menschen, der Sieger wird als Gottkönig verehrt und mit der Verheißung des ewigen Lebens geopfert, sobald seine Zeit gekommen ist.

In manchen Mysterienkulten, vor allem in solchen asiatischer Herkunft, mußten die Novizen strenge, manchmal bewußt grausame Prüfungen über sich ergehen lassen. Bewerber um die Einweihung in den Mithras-Kult wurden mit gefesselten Händen über einen mit Wasser gefüllten Graben und eine mit Feuer gefüllte Grube geschleudert (die „Wasser"- und „Feuerprobe" der Zauberflöte wiederholen dieses Thema). In einem Mithrastempel in Procolithia, dem heutigen Carrawburgh in Großbritannien, wurden Gruben freigelegt, die nach den Vermutungen der Archäologen solchen Wasser- und Feuerproben dienten.[25] Auch von Brandmarkungen wird berichtet. Commodus, ein römischer Kaiser, der orientalische Kulte besonders schätzte, soll darauf bestanden haben, daß es bei seiner Einweihung im Gegensatz zu den üblichen Schrecken und Scheinmorden wirkliche Tote gäbe.

12. Das Schweigen

Unverbrüchliches Gebot für die Eingeweihten, ist das Schweigegebot in der Zauberflöte *vor* die Einweihung verlegt und gegen Frauen gerichtet, es ist ein Männerbundthema. Wer

---

[25] J. Grant a.a.O., S. 311.

schweigt, ist bereit, dem Schrecklichen allein entgegenzutreten, er sucht keinen Kontakt und keine Hilfe, er hat sich losgesagt von allen potentiellen Elternfiguren. Daher ist Schweigen auch ein Teil von Initiationsriten; sozusagen das Gegenbild zum Säugling, der jede Unlustempfindung sogleich in Schreien umsetzt.

Schweigen erhöht nach einer ganzen Reihe magischer Überlieferungen die Kräfte des Menschen. Ähnliche Steigerungen der magischen Kraft werden durch Fasten und sexuelle Enthaltsamkeit gewonnen, Forderungen, die in den Prüfungen von Tamino und Papageno vor allem in den Protesten des Vogelmenschen erkennbar sind. In den Schatzhebergeschichten mühen sich der Teufel und andere Hüter des Schatzes, den Heber dazu zu bringen, sein Schweigen zu brechen; dann sinkt das Gold wieder in die Tiefe.[26] In Märchen ist Schweigen unter der Folter die Vorbedingung, daß eine Jungfrau erlöst wird; aber es gibt auch eine Tradition, die Schweigen zum Fluch eines von einer unheilbaren Wunde gequälten Königs macht (die Parzival-Sage).

„Wer an diesem Ort sein Stillschweigen bricht, den strafen die Götter durch Donner und Blitz", sagen die Mystagogen. Diese Strafe ist einem allzu geschwätzigen Helden der Antike tatsächlich widerfahren. Der schöne Anchises, König der Dardaner, war ein Geliebter Aphrodites. Eines Tages fragte ihn beim Zechen ein Freund: „Würdest du lieber mit der Tochter des Soundso als mit Aphrodite selber schlafen?" „Da ich mit beiden geschlafen habe, finde ich die Frage überflüssig", sagte Anchises achtlos. Er hatte vergessen, wie er Aphrodite nach der ersten Nacht angefleht hatte, sein Leben zu schonen, da er die Nacktheit einer Göttin gesehen habe. Zeus hörte die Prahlerei und schleuderte einen Blitz auf Anchises. Dieser wäre umgekommen, hätte Aphrodite nicht rasch ihren magischen Gürtel über ihn geworfen, so daß er nur gelähmt wurde.

Zwei Priester begleiten Tamino und Papageno durch die

---

[26] Handwörterbuch des deutschen Aberglaubens Bd. VII, S. 1460 ff.

Schweigeprobe. Solche Führer gab es in allen Mysterien: Sie sollten die Brücke zwischen dem alten und dem neuen Menschen bauen. Papageno, der die Schweigeprobe nicht bestanden hat, wird nicht mehr zur Probe der Elemente zugelassen, und der Priester verläßt ihn mit der Bemerkung, er werde das himmlische Vergnügen der Eingeweihten nie schauen. „Je nun, es gibt noch mehr Leute meinesgleichen", sagt Papageno. Das „himmlische Vergnügen" führt ebenfalls zum Neuplatonismus zurück: Der von den Verunreinigungen durch die niederen Sphären gereinigte Geist verbindet sich in reiner Anschauung mit dem Weltgeist, dem ersten und höchsten Ideal.

13. Der Selbstmord

Papagenos und Paminas Geschicke entwickeln sich parallel, obschon Pamina in der Sphäre des Prinzen angesiedelt ist. Beide werden zur äußersten Verzweiflung getrieben, bei beiden verhindern die drei Knaben im letzten Augenblick den Suizid. Papageno hat die Schweigeprobe nicht bestanden, Pamina, als „Versucherin" Taminos mißbraucht, ebenfalls nicht. Beide wollen sich töten, weil die Eingeweihten eine erotische Verbindung scheinbar unmöglich machen; in beiden Fällen führen die magischen Instrumente, Flöte und Schelle, die unglücklichen Liebenden wieder zusammen.

Die Konfrontation mit dem Tod, die zentrale existentielle Prüfung, ist also dem Bestehen der Schweigeprobe (im Fall Paminas) und aller Proben (im Fall Papagenos) gleichwertig. Das Motiv ist vielleicht von der zeitgenössischen Literatur (Werthers Leiden) beeinflußt, hat aber als ritueller Ablauf von Tod und Wiedergeburt in vielen Initiationsriten und Mysterien Tradition.[27] Der Übertritt in das Erwachsenenleben ist in den Einweihungen der Altpflanzerkulturen fast immer mit Tod und Wiedergeburt verknüpft. Das Kind muß sterben, der Mann oder

---

[27] Adolf E. Jensen, Die getötete Gottheit, Stuttgart 1966.

die Frau werden geboren, sie erhalten einen neuen Namen und ein neues Wissen. Oder aber: Ein Mann darf erst heiraten, wenn er dem Schwiegervater den Kopf eines Feindes gebracht hat.[28] Im Westöstlichen Divan schreibt Goethe:

Und solang du das nicht hast,
Dieses: Stirb und werde,
Bist du nur ein trüber Gast
Auf der dunklen Erde.

Während der Prinz die Proben besteht, indem er sich zusammennimmt und durch seine überlegene Willenskraft beherrscht, werden Papageno und Pamina erlöst, sobald sie die Bereitschaft zeigen, das Leben aufzugeben. Das zeigt wieder, wie sehr sie dem dionysischen Prinzip verbunden sind. Für Tamino steht die Verpflichtung, den gegebenen Schwur zu halten, über der Liebe und dem Leben; für Papageno und Pamina ist das Leben nichts mehr wert, wenn der geliebte Mensch verloren ist. Der Tamino, der aus Angst und Erschöpfung angesichts der Schlange in Ohnmacht fällt, ist vergessen; diesen Anteil seiner Persönlichkeit konnte er gewissermaßen an Pamina und Papageno abtreten.

Die Zauberflöte spiegelt hier ein Dilemma der modernen Leistungsgesellschaft: den Widerspruch zwischen einseitig progressiven, leistungs- und willensorientierten Formen der Lebensbewältigung einerseits, einseitig regressiven, gefühls- und phantasieorientierten Formen anderseits. In den entwickelten Gesellschaften wächst seit der bügerlichen Revolution der Anteil der Süchtigen, der Geisteskranken und „Versager" ebenso wie die Gruppe der Hochqualifizierten, die Extremleistungen erbringen. Dieser Widerspruch aktualisiert sich auch in den einzelnen Menschen. Tamino verwandelt sich aus dem ängstlichen Kind, das nach der Mutter schreit und in Ohnmacht fällt, in den Eingeweihten, der mit überlegenem Gestus

---

[28] Adolf E. Jensen, Mythos und Kult bei Naturvölkern, Wiesbaden 1960, vor allem Kap. VIII: Rituelle Tötungen und blutige Opfer, S. 185–213.

„weibische Schwächen" ablehnt. Seine Veränderung mutet uns allzu plötzlich und oberflächlich an. Aber sie ist vielen Menschen sehr vertraut, die sich ein wenig Erinnerung an ihre eigene Pubertät und Adoleszenz bewahrt haben. Hier treten gerade die noch stark von ihren kindlichen Seiten bedrängten Jugendlichen so cool und überlegen auf, als ob sie von nichts und niemandem abhängig wären.

14. Die Elemente

Den zwei Priestern folgen zwei Geharnischte. Sie bewachen die letzte und gefährlichste Prüfung, den reinigenden Weg durch „Feuer, Wasser, Luft und Erde", der jeden erwartet, „welcher wandelt diese Straße voll Beschwerden", denn erst wer „des Todes Schrecken" überwindet, kann sich den „Mysterien der Isis" ganz weihen (II, 28). Der Selbstmord ist hier ritualisiert, kein privater Akt der Verzweiflung eines enttäuschten Liebenden, sondern das Risiko, das der Ehrgeizige in Kauf nehmen muß. Auch die Klitterung ist deutlich: Wäre wahrhaftig Isis die Herrin der Mysterien, was hätten Ratschläge in ihnen zu suchen wie „Bewahret euch vor Weibertücken: Dies ist des Bundes erste Pflicht!", oder auch „Entweiht ist die heilige Schwelle! Hinab mit den Weibern zur Hölle!" (II, 3 u. 5). Die Mysterien versprachen Unsterblichkeit. Der Tod ist also für jene, die ausgeschlossen bleiben, eine unmittelbare Bedrohung, während ihn die Eingeweihten nicht mehr fürchten müssen („Tod und Verzweiflung war sein Lohn", II, 3).

Isis selbst ist es, die in den unterirdischen Gewölben des Sonnentempels geistert und denen Rache schwört, die ihre Mysterien verballhornt haben. Ein Rest Sympathie bleibt bei der nächtlichen Königin gegenüber den klugredenden und tugendtrockenen Priestern, dem lahmen Tamino, der sich so rasch aus einem feurigen Jüngling in einen Pedanten und Prinzipienreiter verwandelt hat („Ein Weiser prüft und achtet nicht, was der gemeine Pöbel spricht").

Während die Priester vor Weibertücken gewarnt haben, sind

die Geharnischten toleranter: „Ein Weib, das Nacht und Tod nicht scheut, ist würdig und wird eingeweiht." Die Gläubigen der Antike, die sich in die Mysterien der Isis einweihen ließen, wanderten „symbolisch durch sämtliche Elemente, besuchten die Unterwelt und begegneten den Göttern von Angesicht zu Angesicht – worauf sie sodann endlich ein Siegesgewand erhielten.[29] Apuleius hat in seinem „goldenen Esel" diese Riten geschildert, zu jenem Bruchteil, der ihm zu sagen erlaubt war. Die „Wanderung durch die Elemente" ist also ein Stück antiker Tradition in der Zauberflöte. Allerdings werden hier nur zwei Proben verwendet statt vier, obwohl die Geharnischten noch von vieren sprechen.

Wasser- und Feuerproben waren im Mittelalter als Gottesgerichte angesehen. Die Kaltwasserprobe bestand darin, die Angeklagte[30] in einen Fluß oder ins Meer zu stürzen; bei der Heißwasserprobe mußte sie einen Gegenstand (etwa einen Ring) aus einem Gefäß mit siedendem Wasser holen. So wurde es schon in der Antike den Göttern überlassen, die Schuld einer Angeklagten zu richten. Die Feuerprobe ist in der Legende von der heiligen Kunigunde dokumentiert, die durch ihren Gang über glühende Pflugscharen ihre Unschuld bewies.

Doch scheint das gefährliche Spiel mit Wasser und Feuer in den Ordalien (Gottesurteilen) eine weit ältere und meist tödliche Begegnung mit den Elementen wieder aufzunehmen: Auch die Jahreskönige wurden sehr häufig entweder ertränkt oder verbrannt. Graves verbindet die Mythen vom tödlichen Sturz von einer Klippe (wie bei Theseus, der Skiros ins Meer stürzte) mit dem Kampfritual zwischen dem heiligen König und seinem Nachfolger, die auf einer Klippe miteinander ringen. In Griechenland wurde auch der Pharmakos, der Sündenbock, ins Meer gestürzt, und es gibt viele Hinweise, daß dieses Menschenopfer in Vorzeiten nicht Sträflinge, sondern den Geliebten der großen Göttin und Priesterherrscher selbst traf. Die

---

[29] J. Grant a.a.O., S. 297.
[30] Das Gottesgericht der Männer scheint in der Regel ein Kampf gewesen zu sein.

zweite Form, in der ein Jahreskönig stirbt, ist das Feuer, das Herakles auf dem Berg Oita verzehrte.

Die Königin-Priesterin, welche den Jahreskönig opferte, machte ihn damit auch unsterblich. Die antiken Mysterien scheinen diesen laut Graves jungsteinzeitlichen Ritus in abgemilderter Form zu wiederholen. Wasser und Feuer sind in der Überlieferung vieler asiatischer und europäischer Religionen, aber auch in der biblischen Tradition die Mittel, mit denen die Götter Ungläubige bestrafen, einen Teil der Welt vernichten, um einen gereinigten Anfang zu ermöglichen. Sintflutsagen spiegeln den rituellen, initiatorischen Tod des alten Menschen durch die Taufe; wer untertaucht, wird nicht endgültig ausgelöscht, sondern nur vorübergehend seiner bisherigen Gestalt beraubt, um besser den prägenden Einfluß der übernatürlichen Mächte aufnehmen zu können. Ähnliche Macht hat das Feuer, es straft (wie in Sodom und Gomorrha oder im Weltenbrand der nordischen Mythologie), löst auf und schafft so die Voraussetzungen für einen Neubeginn.[31] Die Reinigung *durch* die Elemente ist auch eine Reinigung *von* den Elementen.

15. Das Bündnis zwischen Monostatos und der nächtlichen Königin

In der Gestalt Shylocks, des Juden von Venedig, der unerbittlich darauf besteht, das ihm zum Pfand gegebene Pfund Christenfleisch zu haben, hat Shakespeare ein Urbild jener Gestalt geschaffen, die – selbst Opfer – eine Realität der Diskriminierten vermittelt, die in unserem pädagogischen Zeitalter gerne verdrängt wird. Opfer von Ungerechtigkeit zu sein, muß nicht zwangsläufig gut und gerecht, sondern kann auch böse und verschlagen machen. Ähnlich Monostatos: Hinter dem täppischen Getue, der Selbstanklage („ich nur soll die Liebe meiden, weil ein Schwarzer häßlich ist", II, 7) verbergen sich viele Fragen

---

[31] Mircea Eliade, Die Religionen und das Heilige, Salzburg 1954, S. 246.

nach der Gerechtigkeit im Reich Sarastros und nach den Beziehungen zwischen dem Mohren, der die Sklaven anführt, und der nächtlichen Königin.

Die Erzählung reinigt sich durch dieses Bündnis von ihren Ungereimtheiten. Nun ist das einzig sichtbare Böse, welches im Kreis der Eingeweihten bestand, in der Dunkelheit draußen und deren Herrscherin unterworfen. In einer geläufigen Interpretation ist die nächtliche Königin eine Repräsentantin der katholischen Kirche und des Feudalsystems („hofft durch Blendwerk und Aberglauben das Volk zu berücken und unseren festen Tempelbau zu zerstören", II, 1), der in Sarastro die bürgerliche Aufklärung und der Glaube an die Macht der Vernunft entgegentreten. Aber die „Dialektik der Aufklärung"[32] hat uns gelehrt, daß eine solche Reinigung nicht möglich ist. Die Verwirrungen und Widersprüche in der Zauberflöte muten heute prophetisch an: Sie zeigen, daß der Vernunftglaube ebenso seine Schwächen hat wie die selbstbezogene Dogmatik der institutionalisierten Religionen.[33] Die Zauberflöte vermittelt

---

[32] Theodor W. Adorno, Max Horkheimer, Dialektik der Aufklärung, Frankfurt am Main 1973. Im Entstehen der Hochreligionen hat sich bereits ein ganz ähnlicher Prozeß abgespielt wie innerhalb der bürgerlichen Aufklärung. Gegenüber den archaischen Riten, den Fruchtbarkeitsopfern und der periodischen Auflösung jeder sozialen Struktur in dionysischen Orgien haben die Hochreligionen in ihrer Betonung der apollinischen Elemente von Ordnung, Beständigkeit und Hierarchie eine ähnliche Rolle gespielt wie später die Vernunft der Aufklärung in ihrem Kampf gegen den religiösen Aberglauben. Was im Zauberflöte-„Heute" die Personifikation des Rückschritts ist, war angesichts der Fruchtbarkeitsmythen und der wechselnden Jahreskönige ein fester Tempelbau. Die Hierarchie der Hochreligionen schuf die Voraussetzungen für die bürgerliche Emanzipation. Damals war der Macht der Kirche eine „männliche" Ordnung gegenüber der Launenhaftigkeit der Fruchtbarkeitsrituale und der Muttergöttinnen; heute wird sie selbst launisch und irrational gescholten. Das heißt: Monostatos als Symbol des Bösen, das jeder Fortschritt in sich trägt und zu verdrängen sucht, pendelt zwischen den Akteuren der Dialektik.

[33] „Wie wenig Kunstwerke in ihrer Genese aufgehen und wie sehr darum die philologische Methode sie verfehlt, ist sinnfällig zu demonstrieren. Schikaneder hat nichts von Bachofen sich träumen lassen. Das Libretto der ‚Zauberflöte' kontaminiert die verschiedensten Quellen, ohne Einstimmigkeit herzustellen. Objektiv aber erscheint in dem Textbuch der Konflikt von Ma-

das Bild einer komplexen Wirklichkeit, in der das Böse nie nur Böse, das Gute nie nur gut ist, in der Tugenden zwar preiswürdig, Fehler aber entschuldbar sind.

16. Die Freimaurer und die Zauberflöte

Wieviel haben die „Weisheitslehren" der Zauberflöte mit den Freimaurern zu tun, deren Lehre in diesem Zusammenhang immer wieder zitiert wird? Dieser Einfluß würde überschätzt, wollte man in der Zauberflöte ein „Tendenzstück" oder eine Art public relations für die Freimaurer sehen. Wie leidenschaftlich schon früh in dieser Richtung gedeutet wurde, zeigt ein Werk des Freimaurers Moritz Alexander Zille, das 1866 unter dem Titel: „Die Zauberflöte: Text-Erläuterungen für alle Verehrer Mozarts" in Leipzig erschien. Demnach ist die Königin der Nacht Maria Theresia, die einst, als ihr Gatte Franz von Lothringen eine Freimaurer-Versammlung besuchte, das Gebäude vom Militär einschließen ließ. Tamino ist Joseph II., der erklärte Freund der Freimaurer; Pamina das österreichische Volk, Monostatos die „Schwarzen", d. h. die Kleriker und Mönche.

Gewissermaßen als Gegengift streuten andere Autoren das Gerücht aus, Mozart sei von den Freimaurern schlecht behandelt worden. Der Erfinder des „totalen Krieges", General Ludendorff, behauptete allen Ernstes, Mozart sei von seinen Logenbrüdern vergiftet worden, weil er in sein Werk eine „antifreimaurerische Grundlegende" wob. Für Ludendorff ist das Geheimnis der Freimaurerei „überall der Jude".[34]

---

triarchat und Patriarchat, von lunarem und solarem Wesen. Das erklärt die Resistenzkraft des vom altklugen Geschmack als schlecht diffamierten Textes. Er bewegt sich auf der Grenzscheide von Banalität und abgründigem Tiefsinn; vor jener wird er dadurch behütet, daß die Koloraturpartie der Königin der Nacht kein ‚böses Prinzip' vorstellt." Soweit Theodor W. Adorno, Ästhetische Theorie, Frankfurt am Main 1970, S. 400.

[34] Paul Nettl, Deutungen und Fortsetzungen der Zauberflöte, in: A. Csampai (Hg.), Die Zauberflöte, Reinbek 1993, S. 190. Wolfgang Hildesheimer

Sicherlich standen Schikaneder und Mozart (wie sehr viele aufgeklärte, „fortschrittliche" Bürger des ausgehenden 18. Jahrhunderts) den Freimaurern nahe. Geheimbundmystik spielte eine große Rolle im Geistesleben der Zeit. Der 1780 von Ignaz von Born gestifteten Loge „Zur wahren Eintracht" gehörten nicht nur Aristokraten und Höflinge, sondern auch Dichter und Komponisten an. Die Quellen widersprechen sich teilweise, aber übereinstimmend werden Alois Blumauer, Michael Denis und Joseph Haydn genannt. Schikaneder soll 1788 in Regensburg beigetreten sein. Mozart war am 7. Januar 1785 zum Gesellen befördert worden.[35]

Für den Hintergrund der Zauberflöte ist wesentlich, daß Ignaz von Born in dem zensurfreien, nur für die Logenbrüder bestimmten „Journal für Freimaurer" in einem Aufsatz („Über die Mysterien der Ägyptier") die Hypothese vertrat, die Freimaurerei entspringe den geheimen Priesterbünden der alten Ägypter. Gebahnt wurde solche Synkrasie der Ideen durch die alchemistische Tradition, daß auch diese Geheimlehre aus Ägypten komme. Nach Max Pirker stammt die Zahlenmystik – drei Damen, drei Knaben (die jeweils dreimal erscheinen), drei Prüfungen, dreimal sechs Priester im Chor, drei Hornstöße – aus dem Ritual der Freimaurer. Damit ist freilich keine letzte Quelle, sondern nur ein Überlieferungweg erschlossen. Daher soll zur Illustration dieses Geheimbundes hier einiges gesagt werden, um Unterschiede und Gemeinsamkeiten mit den Mysterien des Singspiels zu erkennen.

Seit 1175 sind, im Zusammenhang mit der Durchsetzung des gotischen Stils, in England Brüderschaften von Steinmetzen nachweisbar, die sich nicht nur um die technische Belehrung in der oft geheimgehaltenen Wölbe- und Verstrebungs-

---

weist darauf hin, daß die Freimaurer in Wien durchaus kein revolutionäres Element hatten, schließlich war der Kaiser selbst Mitglied, ebenso Erzbischof Colloredo, Mozarts tyrannischer Brotgeber der Salzburger Jahre. W. Hildesheimer, Brief an Rainer Riehn, in: K. H. Metzer u. R. Riehn (Hg.), Ist die Zauberflöte ein Machwerk, Musik-Konzepte 3, München 1985.

[35] Otto Rommel, Die Entstehung der Zauberflöte und die Giesecke-Legende, in: A. Csampai (Hg.), Die Zauberflöte, Reinbek 1993, S. 176.

kunst bemühten, sondern auch um die sittliche und moralische Bildung der Lehrlinge. Schon damals soll es in diesen Männerbünden symbolische Bräuche gegeben haben, von denen aber wenig bekannt ist. Im 14. Jahrhundert entwickelten sich die Zünfte mit ihren vorwiegend handwerklich-technischen Aufgabem mehr und mehr getrennt von den Brüderschaften (Fraternities), die religiös-sittliche Funktionen ausfüllten und dies in traditionsreichen Städten Europas zum Teil bis heute tun (z. B. die religiösen Brüderschaften, deren Kostüme man auf spanischen Prozessionen beobachten kann, oder die „confraternità della misericordia", die in Italien karitative Dienste leistet).

Das Entstehungsdatum der Freimaurerei ist noch später anzusetzen. Um 1650 trennten sich die Logen der Society von den Bauhütten und Zünften; damals deuteten sie ihr Brauchtum im Sinn des Aufbaus eines „Menschheitstempels der Humanität" um. Der Einfluß des Wiener Freimaurerkreises auf die Zauberflöte ist umstritten.[36] Sein wesentlichstes Hindernis lag darin, daß allzu direkte Anspielungen wegen der strengen und damals noch gut funktionierenden Geheimhaltungspflicht unterbleiben mußten. Schikaneder hat in Einzelheiten, die ein uneingeweihter Zuschauer für zufällig halten mußte, aber auch in allgemeinen Aussagen („Einweihung in den Weisheitstempel"), auf maurerische Gedanken zurückgegriffen. Am deutlichsten wird dies, wo Sarastro zu einer Apologie der free masons ansetzt (II, 1):

„Gerührt über die Einigkeit eurer Herzen dankt Sarastro euch im Namen der Menschheit. Mag immer das Vorurteil seinen Tadel über uns Eingeweihte auslassen, Weisheit und Vernunft zerstückt es gleich einem Spinnengewebe. Unsere Säulen er-

---

[36] Besonders ausführlich hat Egon von Komorzynski darüber geforscht, u. a. in: Die Zauberflöte, Entstehung und Bedeutung, in: Neues Mozart-Jahrbuch 1, Salzburg 1941, S. 147–174. Sowie ders., Das Urbild der Zauberflöte, Mozart-Jahrbuch 1952, sowie Edgar Istel, Die Freimaurerei in Mozarts „Zauberflöte", Berlin 1928.

schüttern sie nie. Jedoch das böse Vorurteil soll schwinden, sobald Tamino selbst die Größe unserer schweren Kunst besitzen
wird".[37]

Die Säule ist ein zentrales Symbol des Weisheitstempels wie
der Freimaurerei. Die zwei Aufseher in jeder Loge werden Säulen der Stärke und der Schönheit genannt. Der Meister vom
Stuhl ist die Säule der Weisheit. Im Bühnenbild von I,12 in
Schikaneders Textbuch sind drei Tempel, auf denen die Worte
stehen: Tempel der Weisheit – Tempel der Vernunft – Tempel
der Natur." Vernunft = Stärke, Natur = Schönheit?

Die Loge der Freimaurer hat eine quadratische Form mit je
einem Fenster nach den vier Himmelsrichtungen. Der Sitz des
Meisters ist geostet; der Eingang liegt im Westen, die Brüder
sitzen an den Nord- und Südseiten. Das ist auch eine Bautradi-
tion christlicher Kirchen in Europa. Ein Teppich mit symboli-
schen Darstellungen in der Mitte des Fußbodens ist die „Ar-
beitstafel" für die Neuaufgenommenen, das „Allerheiligste,
aus dem die Brüder Nahrung für Geist und Herz ziehen sollen". Er ist im Osten, Westen und Süden von drei Kandelabern
mit brennenden Kerzen umstanden, welche die drei kleinen
Lichter der Freimaurerei anzeigen: die Sonne, den Mond und
den Meister vom Stuhl.

Auf dem Tisch vor dem Sitz des Meisters, dem „Altar", liegen Symbole der drei großen Lichter: die Bibel (das Licht über
uns = Gott), ein Winkelmaß (Licht in uns = Gewissen) und ein
Zirkel (Licht um uns = Menschheit). Wir verstehen, warum in
der Zauberflöte soviel von Licht und Weisheit die Rede ist und
warum Sarastro so gerne im Namen der Menschheit spricht.
Aber die Anspielungen gehen nicht in Einzelheiten.

Die zwei Aufseher der Loge finden wir in den zwei Priestern
wieder, deren „heiliges Amt" (II,1) die Einweihung der Novizen ist, auch in den beiden Geharnischten, die eine ähnliche
Wächteraufgabe erfüllen. Die Aufnahmerituale der Freimaurer

---

[37] Diese Textstelle wird in den meisten Aufführungen, die ich kennengelernt habe, gekürzt.

gehen vom dreifachen Weg des Vollendung suchenden Menschen durch die königliche Kunst der Loge aus: Selbsterkenntnis, Selbstbeherrschung und Selbstveredelung zu Schönheit, Stärke und Weisheit. Die Relikte der Selbstbeherrschung sind die Enthaltsamkeit von Speise und Trank sowie die Schweigeprobe.

Der Lehrling muß allen Schmuck und alles Metall ablegen (Tamino und Papageno werden ihrer magischen Geschenke beraubt und erhalten sie erst gegen Ende der Prüfungen wieder). Er wird mit verbundenen Augen (dieses Detail ist auch in der Zauberflöte zu finden) um den Teppich geführt, gelegentlich wird er dabei auch entkleidet. Die Spitze des Zirkels wird auf seine Brust gesetzt, der Meister gibt ihm das Geheimzeichen des „Gutturale" und als Geheimwort Jahin – der Herr wird dich erlösen.

Der nächste Grad, der Geselle, muß in einen Spiegel blicken und wird dann in die Brüderkette eingegliedert. Ihm gibt der Meister das „Pectorale" als Geheimzeichen und das Geheimwort Boas – der Herr wird dich stärken. Der vollendete Meister wird in einen geöffneten Sarg gelegt und durch den leitenden Meister daraus gehoben, während die Hiramslegende vorgetragen wird. Ihm gibt der oberste Meister das „Stomachale" als Geheimzeichen und das Geheimwort Mac Benac – er lebt im Sohne.

Zu jedem Geheimzeichen gehören ein Schwur, es nicht zu verraten, und eine Drohung, welche Strafe den Eidbrecher trifft. Im Meistergrad erfährt der Freimaurer auch das große Notzeichen, das in Kriegen eine Rolle gespielt haben soll. Dabei werden die gefalteten Hände mit den Handflächen nach außen vor die Stirne gelegt. Dazu sagt der Eingeweihte: „Zu mir, zu mir, ihr Kinder der Witwe Naphtali"[38].

---

[38] Will Erich Peukert, Geheimkulte, a. a. O. S. auch Lexikon für Theologie und Kirche, Freiburg i. Br., 4. Bd. 1960, s.v. Freimaurer.

17. Johann Emanuel Schikaneder (1751–1812)

Der Schauspieler, Prinzipal und Theaterdichter Schikaneder
wurde 1751 als jüngstes von zwölf Kindern geboren. Er mußte
sich schon früh selbst den Lebensunterhalt verdienen und
schloß sich in Augsburg einer der wandernden Schauspieler-
truppen an, die Goethe in seinem Roman „Wilhelm Meister"
geschildert hat. Schließlich heiratete Schikaneder die Pflege-
tochter des Prinzipals der Truppe, die ein Jahr jüngere Schauspielerin Eleonore Artim. (Sie ist 1821 in Wien gestorben.) Damit übernahm er auch die Leitung der Truppe, die in Inns-
bruck, Laibach, Graz, Preßburg, Pest und Salzburg (wo Schikaneder Mozart kennengelernt hat) große Erfolge erzielte. Eine
Vogelkomödie, deren Kostüme Unsummen kosteten, die aber
beim Publikum nicht ankam, ruinierte ihn.

Schikaneder hatte zeitlebens eine große Vorliebe dafür, Tiere
auf die Bühne zu bringen. Er war ein vielseitiger Schauspieler
und passabler Sänger, hatte in seiner Jugend alle Rollen vom
Hamlet bis zum Hanswurst gespielt und sich auch als Tänzer
versucht. In der Wahl seiner Mittel, das Publikum bei Laune zu
halten, war er nie kleinlich; Distanz war seine Sache nicht, er
wollte die Lacher auf seiner Seite haben und die Zuschauer
ganz dicht bei sich. Als er später unförmig dick über die Bühne
watschelte, war es „sein lebhaftes Auge, mit dem er nicht selten durch einen Blick seinen Worten eine Zweideutigkeit zu
geben wußte, die gefiel."[39]

Als Theaterdichter blieb Schikaneder Komödiant und Prinzipal, achtete in erster Linie auf die Bühnenwirkung und schrieb
sich die besten Rollen selbst auf den Leib. 1787 hatte er 17
Stücke liegen: Tragödien und Komödien, komische Opern und
Possen. Nur wenig davon ist im Druck erschienen, und darun-
ter sind alle Richtungen vertreten: bürgerliche Trauerspiele,
ein Soldatenstück nach dem Vorbild von Lessings „Minna von
Barnhelm", in dem Schikaneder sich selbst die Rolle des Offi-

---

[39] August Sauer, Allgemeine deutsche Biographie, Bd. 31, Leipzig 1890,
S. 197.

ziersdieners Budel zugedacht hat, der unter Trommelbegleitung ein kauderwelsches Lied „nach türkischer Art" singt, bei dessen Refrain er seinen Herrn unter Trommelbegleitung auf den Kopf schlägt. „Die Raubvögel" greifen das Thema der Falschspieler auf – Schikaneder war selbst eine Spielernatur. „Das Laster kömmt an den Tag", ein Schauspiel in vier Aufzügen, 1783 in Salzburg veröffentlicht, verbindet Themen des Sturm und Drang (einschließlich eines Giftmords auf offner Bühne) mit dem Motiv der Treue bis zum Henkerbeil. „Der Grandprofos", ein Trauerspiel in vier Aufzügen, Regenburg 1787, läßt sich am besten dadurch charakterisieren, daß bereits im Vorwort der Dichter seine Befriedigung über die „eingesammelte reiche Thränenärnte" ausdrückt. Zur Exekution sucht sich der Scharfrichter eine Stelle aus, wo die Sonne nicht blendet, zieht den Rock aus und stärkt sich mit einem Trunk.

1785 fand Schikaneder ein Engagement beim Wiener Nationaltheater, mußte es ein Jahr später wieder verlassen und leitete 1786 bis 1787 das Theater in Regensburg. 1788 übernahm er in Wien die Leitung einer neugebauten Bühne in der Vorstadt Wieden, auf der auch am 30. September 1791 die Zauberflöte uraufgeführt wurde. 1800 gestattete Kaiser Franz, dem sich Schikaneder durch demonstrativen Patriotismus beliebt gemacht hatte, den Bau eines neuen Theaters. Dieses „Theater an der Wien" steht heute noch und gilt vielfach als Stätte der Uraufführung, obwohl Schikaneder erst 1801 die Leitung dort übernahm. Es war damals die größte Bühne der Kaiserstadt.

Aber Schikaneder konnte immer besser ein Unternehmen auf die Beine stellen als es erhalten und ausbauen. Er kam nicht zur Ruhe, verkaufte schon nach einem Jahr sein kaiserliches Privileg um 100 000 Gulden an seinen Kompagnon, wollte sich ganz von der Bühne zurückziehen, übernahm aber bald wieder Aufträge. 1807 ging er nach Brünn, leitete dort das Theater und baute in Stadtnähe eine Arena, in der er große Ausstattungs- und Spektakelstücke („Die Schweden vor Brünn") aufführte.

Der Textautor von Mozarts letzter Oper war ein unruhiger und dynamischer Mann, heftigen Stimmungsschwankungen von teilweise krankhafter, manisch-depressiver Qualität unterworfen, mit rauschenden Erfolgen und kläglichen Pleiten, der typische Prinzipal eines Wandertheaters, dessen Versuche, seßhaft zu werden, immer wieder fehlschlugen. Sein Schwanken zwischen Exaltation und Selbstmordplänen findet sich auch in der Zauberflöte. Schikaneder liebte rohe Späße und guten Wein, war ein großer Frauenheld, aber auch tugendboldisch und aufklärerischen Idealen zugetan.

Seine „sämmtlichen theatralischen Werke" sind 1792 in zwei Bänden erschienen. Die Grenze, an der das Pathos seiner Rühr- und Schauerstücke vor der „Zauberflöte" in Parodie übergeht, ist gelegentlich schwer aufzufinden. Einige Titel aus seinem Oeuvre: „Der Bucentaurus oder die Vermählung mit dem Meere in Venedig", „Philippine Welferinn, die schöne Herzogin von Tirol", „Hanns Dollinger oder das heimliche Blutgericht" (der wilde Ritter Krako sticht einen „gemahlenen Ritter um den anderen" von der Wand) und schließlich „Herzog Ludwig von Steiermark oder Sarmäts Feuerbär", worin sich zur Ritterromantik, die bisher dominierte, Elemente des Zaubermärchens gesellen. Unter Donnergrollen tritt der Zauberer auf, in Tierhäute gekleidet, sein Haupt umwinden Schlangen, ein feuriger Klotz rollt vor ihm her. Er zeigt die Zukunft in einem Spiegel, erzeugt und heilt Wahnsinn nach Belieben durch Schläge mit seinem Hammer. Ein wilder Bär mit Feueraugen tritt auf die Bühne, um Sarmät zu verteidigen. Wilde Knechte schüren das Feuer unter dem Kessel, in dem der Herzog gesotten werden soll.

Schikaneders Biograph ist überzeugt, daß alle diese Arbeiten die Autorschaft der Zauberflöte bestätigen. „In Schikaneders früheren und späteren Werken spricht nichts dagegen, daß man ihm die Autorenschaft streitig machen müßte. Überall dieselbe entschiedene Begabung für ernste wie komische Bühneneffekte, für die Wirkung um jeden Preis; eine ungezügelte, kühn waltende Phantasie, schleuderische Arbeit, mangelnde Motivierung, auch Abweichung vom ursprünglichen Plan findet sich oft." [40]

---

[40] August Sauer, a. a. O., S. 199.

Es war damals üblich, daß die Autoren der populären Bühnen verwandte Stoffe auf die Bretter brachten. Daher wendet sich Sauer gegen den Versuch, den Sprung in der Motivierung der Zauberflöte – Sarastro als Unhold, dann als Weiser – als Reaktion auf Konkurrenzstücke wie „Kaspar, der Vogelkrämer" von Hensler oder „Der Fagottist oder die Zauberzither" von Perinet (Musik für beide von Wenzel Müller) zu erklären. Mozart hatte den „Fagottisten" auf der Konkurrenzbühne in der Leopoldstadt gesehen, aber in seinen Briefen an seine Frau (die in Baden Ferien machte) erwähnt er nichts von einem solchen Plan.

Gleichzeitige Behandlung eines Stoffes durch die Wiener Possendichter war damals nichts Seltenes. Gieseke und Perinet treffen auch im travestierten Hamlet zusammen; Perinet schrieb eine Oper „Telemach", obschon Schikaneder schon vor ihm den Stoff in seinem „Königssohn aus Ithaka" ausgeschlachtet hatte.[41] Giesekes Mitarbeit kann nicht sehr weit gegangen sein. Schikaneder hat sich immer als „Vater der Zauberflöte" gerühmt, in der Vorrede zu seiner Oper „Der Spiegel von Arkadien" wendet er sich massiv gegen die Frechheit Giesekes, seine Mitarbeit herauszustellen. „Solche Dreistigkeiten grenzen an Büberei"[42].

Die Zauberflöte begründete Schikaneders Schicksal für seine restliche Lebenszeit und für die Zukunft: Sie machte ihn reich, machte ihn berühmt. Den Reichtum hat er später wieder verloren, wie es sich für einen Theaterprinzipal gehört, der alles, was er anhäuft, in sein nächstes Unternehmen steckt. 1812 ist er, nach zeitgenössischen Berichten in geistiger Umnachtung, gestorben. Viele Figuren des Singspiels hat er nach Mozarts Tod noch weiterentwickelt. „Das Labyrinth oder der Kampf der Elemente" wurde von ihm als zweiter Teil der Zauberflöte bezeichnet (Musik von Winter, Uraufführung 1798). Darin müssen sich Tamino und Papageno ihre Geliebten neu erobern; Zelter, der Freund Goethes, fand die Oper „voll von Ef-

[41] August Sauer, a.a.O., S. 198.
[42] August Sauer, a.a.O., S. 199.

fekten, die das Ohr und den Sinn betäuben und überrennen"[43].
Auch der Vogelfänger taucht in Schikaneders späteren Arbeiten wieder auf, im „Spiegel von Arkadien" als Schlangenfän-
ger, als „Kalifornio" im „Königssohn aus Ithaka", wo er das bekannt gewordene Paperl-Lied singt („Ich schickte mich herr-
lich darein, ein Paperl, ein Paperl zu sein") und von zwei Bären
beim Kuchenessen gestört wird (vgl. Zauberflöte II, 19).

„Die Genußsucht und Sittenlosigkeit des damaligen Wien
ist von niemand anderem ... mit solcher erschreckender Na-
turtreue geschildert worden", bemerkt Sauer zu Schikaneders
weiteren Werken. „Daneben fehlt es diesen Stücken nicht an
Heiterkeit, Liebenswürdigkeit und Gemütlichkeit, und selbst
ein gegen Schikaneder voreingenommener Zuschauer wie
Varnhagen von Ense gab sich willig dem Reiz hin, den das
Volkstümliche und Urspüngliche darin auf ihn ausübte".[44]
Schikaneder ist wohl immer mehr Impresario als Schriftsteller
geblieben. Seine Zusammenarbeit mit Mozart war glücklich,
obschon der Theaterdirektor materiell davon ungleich mehr
profitierte als der Komponist. Aber ohne Schikaneders anstek-
kende Begeisterungsfähigkeit hätte der kränkelnde Mozart die
Komposition kaum begonnen und so zu Ende geführt, wie wir
sie kennen.

18. Lulu oder die Zauberflöte

Im März 1791 schlug Schikaneder Mozart, den er bereits von
Salzburg her kannte, einen Opernstoff für sein Theater vor:
Das Zauber- und Feenmärchen „Lulu oder die Zauberflöte" aus
der von Christoph Martin Wieland herausgegebenen Märchensammlung „Dschinnistan oder auserlesene Feen- und Geistermärchen"[45]. Der Anlaß war unter anderem, daß Schikaneder

---

[43] August Sauer, a.a.O., S. 199.
[44] August Sauer, a.a.O., S. 200.
[45] Ch. M. Wieland (Hg.), Dschinnistan oder auserlesene Feen- und Geistermärchen", Winterthur 1789. Wieland nennt als Verfasser des Märchens nur

gute Geschäfte mit einer Oper nach Wielands „Oberon" gemacht hatte, deren Text Gieseke schrieb, während die Musik von Wranitzky war.

Man ist beim Studium der Quellen immer wieder überrascht, wie zügig und energisch im ausgehenden 18. Jahrhundert auf dem Theater und in den Opernhäusern gearbeitet wurde. Die Zeit von März bis September würde heute kaum reichen, um die Inszenierung eines bereits längst bekannten Stückes auf die Bretter zu bringen; damals wurde nicht nur eine ganz neue Oper aus einer aktuellen Vorlage geschrieben und komponiert, sondern auch noch der Plan des Ganzen einige Male umgestoßen. Denn im Feenmärchen erkennt man die Zauberflöte nur sehr bedingt. Abstriche, Bereicherungen, eine völlige Umdeutung zentraler Figuren lassen etwas gänzlich Neues entstehen.

Die Handlung: Lulu ist ein tugendhafter Prinz, den Lustbarkeiten des Hofes und seiner Altersgenossen abhold, ein leidenschaftlicher Jäger und Einsamkeitssucher, der auf seinen Streifzügen auch in den Wald gerät, in dessen Mitte die mächtige Fee Perifirihne in einem Palast haust, den schöne Wiesen und Parklandschaften umgeben. Unvorsichtige, die sich ihr nähern, sind durch ihre strahlende Erscheinung schon erblindet; nicht ganz so dreiste Eindringlinge werden ohnmächtig, wenn sie die Fee erblicken. Lulu jagt einen Tiger, der wiederum eine Gazelle verfolgt. So achtet er nicht auf seinen Weg, bis er zu dem Palast geraten ist. Als sich die Tür öffnet, bedeckt er seine Augen und sinkt in die Knie.

Doch die Fee ist leutselig, sie bittet ihn, sich zu erheben und teilt ihm mit, er als einziger aller Jünglinge dieses Landes könne ihr einen großen Dienst tun, für den sie ihn reich belohnen werde. Denn er sei unschuldig, fromm und klug. (Zauberflöte I, 6: „Du bist ja schuldlos, weise, fromm".) Bei den ande-

---

den „Autor der Palmblätter". Er ist sein sonst nicht weiter bekannt gewordener Zeitgenosse Liebeskind. Die ganze Richtung trägt den Stempel der Orientleidenschaft des späten Rokoko und frühen Klassizismus, der auch Goethe in seinem west-östlichen Diwan beeinflußt hat.

ren Jünglingen fehle immer eine dieser drei Eigenschaften; die klugen seien nicht fromm, und die schuldlosen nicht klug.

Ein böser Zauberer hat der Fee einen magischen Talisman gestohlen, Stahl und Feuerstein, die bei jedem Funken eine ungeheuere Zahl dienstbarer Geister herbeirufen, eine Variante von Aladins Lampe. Lulu erhält eine magische Flöte. Sie kann nur von einem unschuldigen Jüngling gespielt werden. Ihr Ton bewirkt alle Seelenzustände, die sich der Spieler wünscht, von sinnloser Trauer bis zu inniger Freude und tiefem Schlaf. Beiläufig erwähnt die Fee noch, daß der Zauberer eine Jungfrau entführt hat, die er eifersüchtig bewacht; sie gesteht jedoch nicht, daß es sich um ihre eigene Tochter Sidi handelt. Zu dieser Zauberflöte erhält Lulu auch einen Zauberring mit einem Diamanten: Dreht er den Stein nach innen, verwandelt der Ring den Jüngling in einen Greis. Wirft er ihn weg, dann ruft er die Fee herbei.

Der Held geht zu der mit eisernen Mauern auf einem unzugänglichen Felsen gebauten Burg des Zauberers. Er verwandelt sich in einen alten Mann, setzt sich vor die Toren ins Gras und beginnt zu spielen. Der mißtrauische Zauberer läßt sich durch dieses Aussehen täuschen und lädt Lulu in sein Schloß, weil er durch eine hingestreute Bemerkung neugierig geworden ist, daß der Flötenklang geeignet sei, spröde Geliebte zärtlich zu machen. In der Zauberflöte (I, 6) heißt es:

„Hiermit kannst du allmächtig handeln
Der Menschen Leidenschaft verwandeln:
Der Traurige wird freudig sein
Den Hagestolz nimmt Liebe ein"[46].

---

[46] Diese Verse belegen, was aus Schikaneders Biographie bekannt ist: Die manisch-depressive Qualität seiner Stimmungsschwankungen. Sie werden von den Kranken nicht als normale Reaktionen auf die Wechselfälle ihres Lebens empfunden, sondern als unwiderstehliche Einflüsse von außen. Der Zauber in jeder Form spielt auf die Allmachtswünsche des Manischen an, welche die Gegenseite der depressiven Ohnmachtsphantasie sind.

So kommt Lulu in den Palast des Zauberers, wo er Sidi und ihre sechs Gespielinnen findet, die wie Sklavinnen gehalten werden: Sie müssen jeden Tag die Fäden für den Brautschleier spinnen, damit sie am Abend etwas Essen bekommen. Lulu aber, eine keusche Erbin Penelopes, löst nachts die Fäden wieder auf. Von ihrer mächtigen Mutter hat sie die Gabe bekommen, daß sie zu nichts gezwungen werden kann, solange sie eine Bedingung erfüllt: sich nicht zu verlieben. Doch Lulu bringt, ohne es zu wollen, diese Bastion ins Wanken.

Er hat vor der Gefangenen gespielt und sich ihr in einem unbewachten Augenblick in seiner wahren Gestalt gezeigt, von seinem Auftrag erzählt und erfahren, daß der Zauberer den magischen Feuerstahl auf seiner Brust trägt. Durch Lulus Spiel und Schönheit verführt, kann Sidi den Zauberkünsten nicht mehr widerstehen. Schon jubelt der Bösewicht und rüstet das Hochzeitsmahl. Ein mißgünstiger Zwerg, der Sohn des Zauberers, hat den Diamantring am Finger des Greises entdeckt. Sein Versuch, den Ring zu stehlen, deckt Lulus Verkleidung auf.

Der Zauberer läßt ihn fassen und verurteilt ihn zum Tod. Als letzte Gunst erbittet Lulu, noch einmal seine Flöte erklingen zu lassen. Mit ihr spielt er dann den Zauberer und seine bösen Geister in tiefen Schlaf. Als er den Feuerstahl raubt, erwacht der Hexenmeister, doch die Dschinn des Amuletts gehorchen jetzt Lulu und umringen ihn schützend. Er wirft den Diamentring zu Boden, die Fee eilt auf ihrem Wolkenwagen herbei. Der Schluß des Märchens:

„Der Zauberer sahe sie kaum, so verwandelte er sich vor Angst geschwinde in einen Falken und schoss neben dem Wolkenwagen in die Höhe. Die Fee bog sich seitwärts, schlug ihm mit der Hand auf den Kopf und sagte: ‚Diese Gestalt schickt sich nicht für dich. Da du das Licht scheust, so bleibe deiner Natur getreu und werde ein Nachtvogel.' Auf einmal ward der Falke ein schwarzgrauer Uhu. Das helle Licht der Fee blendete seine Augen; er stieß mit dem Kopf vor alle Wände. Endlich fuhr er mit Heftigkeit durch ein Fenster, das er für freie Luft hielt und flog mit blutigem Kopfe davon. ... Indes sank der Wagen sanft nieder und verlohr sich wie dünner Rauch in die Ecken des Saals. Die Fee stand erhabener als alle übrigen in mildem Glanze da. Lulu und Sidi knieten in kindlicher Ehrfurcht vor ihr hin ..."[47]

Wie der Einfluß der Freimaurer, scheint mir auch der Einfluß von Wielands Märchensammlung auf die Zauberflöte überschätzt. In der Fee Perifirhine ist die Königin der Nacht nur zum Teil zu erkennen. Lulu kommt als Jäger, nicht als Gejagter in ihr Reich. Natürlich lassen sich in beiden Szenen die Begegnungen des Paredros mit der Göttin aufzeigen oder genauer: die tödliche Gefahr, der sich Aktäon aussetzt, wenn er Artemis im Wald überascht.

Die Entstehungsbedingungen der arabischen Märchen, von deren Klang und Thematik sich Wielands Autoren inspirieren ließen, sind denen der griechischen Mythen und der volkskundlichen Traditionen im Abendland nicht unähnlich. Es geht immer wieder um die Fortexistenz der alten Ortsgottheiten, der Natur- und Fruchtbarkeitsdämonen unter der strikten Hierarchie der Hochreligion, ob christlicher oder muslimischer Prägung. Die Zauberinnen der Märchen, Frau Holle zu Beispiel, sind Inkarnationen der alten Götter so gut wie die Dschinns und Feen der tausendunein Nächte. Die tiefenpsychologische Deutungskunst, die aus dem archaischen Es ein Stück bewußt lenkbares Ich machen soll, ist dem Prinzip der Märchendichtung verwandt, die ebenfalls aus dem rationalen Reich der Hochreligionen und der geordneten, staatlichen Hierarchien in die urtümlichere Welt der magischen Geschenke und der Naturgeister zurückführt, in eine Zeit, als das Wünschen noch geholfen hat und die Urwälder noch nicht gerodet waren, sondern verzauberte Königssöhne bargen, die in Bären- oder Adlergestalt über ihre Untertanen herrschten. Stücke des verlorenen Alten sollen das ohne sie sterile Neue beleben.

Wielands Sammlung „Dschinnistan" ist ein fesselndes Gemisch von vorromantischer Psychologie, Schäfer- und Feen-

---

[47] Ch. M. Wieland/Liebeskind, a. a. O., S. 178.

idylle, ironischem Volksmärchenton, Schauergeschichte und allegorischer Dichtung. In einer verwickelten Geschichte von häßlichen Prinzen und Prinzessinnen, die in schöne Schäfer verwandelt werden, von einer abgeschlagenen Hand, die in einem blutgefüllten Becken liegt und Zeichen in Taubstummensprache gibt, taucht plötzlich ein goldener Zweig auf, lange vor James Frazer. Ein Adler bringt ihn, durchbricht mit seiner Hilfe den Zauberkreis und erweckt die rettende Fee. („Der goldene Zweig", von Wieland selbst verfaßt.) In einem anderen Märchen läßt sich Osmondyas, Sohn des Isis-Oberpriesters Calairis, in alle „cabirischen, orphischen und eleusinischen Mysterien" einweihen, findet aber keine Weisheit in ihnen. Statt dessen verliebt er sich sterblich in ein Bild; anders als bei Tamino ist es kein Gemälde, sondern eine Statue, die sein Vater in einem Gemach aufbewahrt.

Auch Osmondyas macht sich auf die Wanderschaft, er gerät in Druidenhaine und verfallene Türme, findet einen Leidensgenossen, der vor unerfüllter Liebe langsam verschmachtet, denn er hat einen Elementargeist beleidigt, eine Salamderin, zu der ihn bereits in zarter Jugend eine unüberwindliche Neigung trieb. Schließlich stellt sich alles als eine Intrige der befreundeten Oberpriester druidischer oder ägyptischer Herkunft heraus, die jeweils den eigenen Sohn mit der Tochter des Freundes vermählen wollten und alle Register zaubrischer Prüfungen und Täuschungen zogen. Das Standbild entpuppt sich als die Tochter des Druiden; die Salamanderin aber ist des Ägypters eigene Schwester, und natürlich gibt es ein glückliches Ende.

Solche Handlungen zeigen, wie im ausgehenden 18. Jahrhundert die Mysterienkulte der wunderhungrigen Spätantike ausführlich rezipiert wurden. In der Tat mag es geistesgeschichtliche Affinitäten zwischen der Epoche von Rokoko, Klassizismus und Romantik und dem römischen Reich geben, die über die Begeisterung für pompeijanische Wandmalereien und löwenfüßige Möbel hinausgehen: heftige Widersprüche zwischen Nationalismus und Internationalismus, zwischen aufgeklärtem städtischen Bürgertum und konservativem Feudalsystem, zwischen wissenschaftlicher Kritik und fundamenta-

listischer Frömmigkeit. Die Widersprüche der Gegenwart ließen sich in der Beschäftigung mit den Widersprüchen der damaligen Situation sowohl darstellen wie in eine Ferne rücken,
die sich von der rein tagespolitischen Debatte durch andere
philosophische und ästhetische Möglichkeiten unterschied.
Die Scheiterhaufen der Inquisition waren noch in frischer Erinnerung, die Folter wurde noch praktiziert, daher lag es etwa nahe, den Gegensatz zwischen Kirche und Illuminaten[48] durch
die Königin der Nacht und die Eingeweihten zu verkörpern.

In den Motiven dieser Textbücher stecken gewiß die Spuren
der europäischen Vor- und Frühgeschichte. Aber sie aufzuspü-
ren heißt auch zu entdecken, daß immer wieder Bestandteile
aus einem Kontext gerissen und neu verwendet werden. Mythen werden immer wieder neu formuliert, wie in der romanischen Baukunst ganze Kirchen aus dem Material heidnischer
Tempel errichtet wurden. So ist auch das Gebäude des freimau-
rerisch durchhauchten Weisheitstempels, in dem Sarastro und
seine Priester regieren, aus Fragmenten älterer Geschichten
und vergessener Riten collagiert. Aus der Untersuchung der
möglichen Traditionen einzelner Themen läßt sich erkennen,
weshalb Bilder nicht zufällig so sind, wie sie sind. Die Königin
der Nacht könnte *nicht* ebensogut einen roten Mantel tragen
oder der Wagen Sarastros von Ochsen gezogen werden. Zugleich ist die ritualistische Bewegung in der Hermeneutik, die
das literarische Motiv an einen archaischen, von Volks- und
Völkerkunde beschriebenen Ritus bindet, auch ein Weg, der eigenen Identifizierung mit den handelnden Figuren nachzuspüren.

Es ist vielleicht ein wenig wie der Unterschied zwischen den
metallurgischen Verfahren der alten Handwerker und dem Vorgehen des chemisch geschulten Stahlfabrikanten. Von Wieland

---

[48] Der Illuminatenorden, 1776 von dem Ingolstädter Professor Weishaupt
gegründet, wurde 1784 vom bayerischen Kurfürsten verboten und verfolgt.
Ignaz von Born schickte damals seinen Bayerischen Verdienstorden zurück
und wandte sich scharf gegen diese Unterdrückung. Unter den Freimaurern
gab es eher revolutionäre und eher konservative Logen; in Wien scheint das
konservative Element gesiegt zu haben.

dem Schmied wird erzählt, daß er ein bereits geschmiedetes Schwert zerfeilte, die Späne Gänsen zu fressen gab und aus deren Kot das Eisen zurückgewann, bis er sein unvergleichlich scharfes Mimung geschaffen hatte, dessen Klinge freilich kürzer war als die anderer Schwerter. Der Ingenieur der Gegenwart hingegen würde nach einem optimalen Verhältnis von Eisen, Kohlenstoff und anderen Zuschlagstoffen suchen; Gänse hätten in seiner Werkstatt nichts verloren. Er könnte uns vielleicht auch eine Erklärung geben, was der Weg durch den Gänsedarm mit einem Schwertstahl macht; Mimung aber käme nicht aus seiner Fabrik.

Uns geht es vor allem darum, unterschiedliche Deutungsverfahren nicht abstrakt zu diskutieren, sondern an einem konkreten Beispiel aufzuzeigen. Daher schließen wir jetzt den Brunnen der Vergangenheit und decken einen Zugang auf, der in andere Tiefen führt: die des kollektiven Unbewußten, der Archetypen und der in diesen Bildern formulierbaren Entwicklungsprozesse.

Teil II

Die Zauberflöte als Symbolik der Individuation

Gewinnt, durch Mozarts Musik geadelt, der Inhalt des Märchenspiels ein Interesse, das es einem berechtigten Vergessen entreißt, dem sonst doch alle Stücke Schikaneders zum Opfer gefallen sind? Oder aber können wir, weil so ein Stück der Vergangenheit lebendig geblieben ist, auch genauer herausfinden, welche Unterschiede zwischen der psychologischen Betrachtung eines Kunstwerks und seiner historischen Analyse bestehen? Ist nicht auch schon unser ritualistisch-hermeneutisches Vorgehen zumindest im Ansatz psychologisch, weil es versucht, die einzelnen Szenen und Bilder der Erzählung mit realen Handlungen von Menschen in einer Zeit vor der geschriebenen Geschichte zu verbinden?

Es gibt eine Zeit, in der Menschen nur handeln und nichts inszenieren, darstellen, aufschreiben. Ihr folgt die Zeit, in der geschrieben, das Geschriebene aber noch nicht philologisch überprüft wird. Dann beginnt das Zeitalter der Wissenschaft, in dem genauestens zwischen Märchen und Wirklichkeit unterschieden wird. In Herodots Historien und in den christlichen Legenden stehen Wunder und Wahrheit noch gleichberechtigt nebeneinander. Bericht ist Bericht; ob von einer Schlacht erzählt wird, die wirklich stattgefunden hat, oder von der Tat eines Gottes, die von Priestern erdichtet wurde, beides scheint gleich schwer zu wiegen.

Im Zeitalter der Aufklärung ändert sich das; die Welt wird entmythologisiert, und die Mythen werden zur Domäne der Psychoanalytiker: Wer kennt heute noch den Ödipusmythos besser als den Ödipuskomplex? Diese Bewegungen haben, ebenso wie die Geschichten, die in ihnen immer neue Bedeutungen gewinnen, etwas zu bedeuten.

In der Antike wurden die heiligen und die profanen Geschichten nicht nur gemischt, sondern auch immer wieder neu interpretiert. Das wissenschaftliche Zeitalter hingegen entwickelt Sperrklinken: einen Stand der Wissenschaft, hinter den niemand zurückfallen darf, der ernst genommen werden will. Aber die Entzauberung der Welt ruft neue Zauberer auf den Plan. Eine wachsende Zahl von Menschen, vor allem der Frauen, die in einem von persönlicher Entfaltung geprägten Zeitgeist ihre Persönlichkeit dem Ehemann opfern sollen, verrätselt die vernünftige Welt durch bizarre Symptome, körperliche Krankheiten ohne organische Ursache, Ängste und Depresssionen.

Um diese Rätsel verständlich zu machen, wird eine neue Deutungskunst entwickelt, die allgemeiner ist und zu tieferen Wurzeln vorzudringen meint als alle früheren. Sie greift etwas auf, das sie „Seele" nennt und behauptet, dies sei ein Naturphänomen, mit derselben Autorität zu erforschen wie Nervenzellen oder Blutbausteine.

Da die Seele in allen Inhalten ist, die der Mensch jemals geschaffen hat, alle durch ihr Werk zustande kamen, läßt sich auch in allem ihre Dynamik nachweisen. Das Weltbild wird introjektiv, indem es alle früheren Weltbilder als projektiv interpretiert. Unsere Geschicke sind nicht mehr, wie es die Alten glaubten, durch die Macht der Götter gelenkt, sondern die Menschen projizieren Strukturen, die sie von Geburt an in sich tragen, in die Umwelt, finden dann in ihr wechselnde Bilder, die vom Kundigen in Träumen und Phantasien ebenso gefunden werden können wie in den Zeichen der Astrologie oder in den Mythen der Völker.

Waren die einzelnen Themen, die ein schnell begeisterter Dichter wie Schikaneder aus den verschiedensten Quellen raffte und zusammenfügte, für den historisch und ritualistisch vorgehenden Betrachter aus unterschiedlichen Mythen gerissen, so wächst für den tiefenpsychologischen Interpreten dieses Flickwerk zu einem Ganzen zusammen, das ein Inneres ausdrückt. Die Märchenmotive und Mythen sind ebenso Ausdruck dieses Inneren wie die Neuerfindungen der Dichter des

18. Jahrhunderts, die Mysterien der Antike drückten dieselben seelischen Wünsche aus wie die Zaubermärchen und Maschinenkomödien des beginnenden bürgerlichen Zeitalters.

Gehen wir die einzelnen Motive der Zauberflöte noch einmal durch, diesmal unter einer tiefenpsychologischen, genauer: einer jungianischen Perspektive[49].

1. Der Prinz

In ihm erkennen wir ein Symbol des Ich, des Bewußtseins, das in seinem Kampf gegen die dunklen Mächte des Unbewußten siegen oder untergehen kann. Der Heros ist ein Symbol dieses Bewußtseins. Er wird vor die Wahl gestellt, ob er sich als Sohn-Geliebter dem Symbol des Unbewußten, der „großen Mutter", unterwerfen oder aber sie in ihrem verschlingenden, furchtbaren Aspekt als Drachen bekämpfen und dann in verschönter Gestalt, als Jungfrau, zurückerobern und integrieren soll. Beispiel für den ersten Typus des Helden, das Symbol eines noch schwächlichen, ungefestigten, ständig vom Zurückgleiten in den unbewußten Zustand bedrohten Ichs sind Attis und Tammuz, die Sohn-Geliebten der Magna Mater, die ihr schließlich zum Opfer fallen und von ihr getötet werden. Die geläufige Deutung dieser Mythen als Ausdruck eines Vegetationskultes halten Jung und Neumann für unbefriedigend und oberflächlich.

Eine höhere Stufe der Bewußtseinsentwicklung drücken Helden aus, die sich gegen den Mutter-Drachen behaupten, ihn gar töten und den Schatz oder die Jungfrau in Besitz nehmen. Beide Gewinne stehen für das vom Bewußtsein integrierte Unbewußte, sozusagen den verdaulichen Aspekt der großen Mut-

---

[49] Die Deutung richtet sich nach dem Vorgehen von Carl Gustav Jung, Zur Phänomenologie des Geistes im Märchen, in Symbolik des Geistes, Zürich 1955, ergänzt durch Erich Neumann, Ursprungsgeschichte des Bewußtseins, Zürich 1949, und Erika Brunner, Die Anima als Schicksalsproblem des Mannes, Zürich 1964.

ter. Die Reihe dieser Helden reicht vom babylonischen Marduk, der aus dem Leichnam des Ungeheuers Tiamat die Welt schuf, über Herakles, Bellerophon und Perseus zu St. Georg und Siegfried.

Mythen sind für Jung und seine Schüler Projektionen eines kollektiven Unbewußten, die nie eine konkrete Bedeutung hatten. Eine weitere Grundannahme, die vor allem Neumann plakativ entwickelt, ist die Hypothese, daß ein patriarchalisches System generell einen höheren Fortschritt der Bewußtseinsentwicklung verkörpert.

2. Die Schlange

In der psychologischen Symbollehre steht der Archetypus der Schlange für die Triebwelt. In Träumen und Mythen, wie in der Versuchungsgeschichte im ersten Buch der Bibel, steht sie für unterdrückte Wünsche. Zum zweiten symbolisiert sie die Undifferenziertheit von Bewußtsein und Unbewußtem, vor allem in ihrem Aspekt als Ouroboros, als Weltschlange, die ihren eigenen Schwanz verschlingt und in mythischen Kosmogonien eine große Rolle spielt (Ophion, Tiamat, die Mitgardschlange)[50].

Der Prinz flüchtet mit Bogen, doch ohne Pfeil vor der Schlange (I, 1, Regieanweisung). Der Text läßt uns im Unklaren, ob er einen Fehlschuß getan oder schon waffenlos ihr begegnet ist. Die Flucht entspricht einem Abwehrmechanismus: Statt sich einem unbewußten Wunsch entgegenzustellen, ihn zu erkennen und in bewußter Stellungnahme zu verarbeiten, sucht das Ich auszuweichen, vielleicht nachdem ein erster, zu schwacher Versuch der Bewältigung der unbewußten Mächte, des „Tiers in uns" gescheitert ist.[51]

So werden die handelnden Gestalten nicht Mitspieler in einem äußeren Drama, sondern Symbole für ein inneres; sie ver-

---

[50] Erich .Neumann, a.a.O.
[51] E. Rothacker, Die Schichten der Persönlichkeit, Bonn 1938, 1952.

anschaulichen nicht Riten vergangener Kulturen und nicht das freie Spiel der Phantasie, sondern symbolisieren einen psychologischen Entwicklungsprozeß. Innere Kräfte sind nach außen verlagert. Wer sie dort erkennen und mit sich verbinden kann, gewinnt auch Möglichkeiten, seine inneren Strukturen zu differenzieren und seine Fähigkeiten auszubilden, mit sich selbst (und mit anderen) in Kontakt zu treten. Die Bilder der Mythen sind sozusagen Anreize für einen Prozeß, der sich nicht in der Reifung zentralnervöser Strukturen erschöpft, sondern als Ergänzungsreihe numinoser Einwirkung und innerer Organisation verstanden werden muß. Dabei wiederholt die Individuation – also die Selbstfindung des Individuums – die kollektive Entwicklung der Menschheitsseele von ihren weitgehend unbewußten Frühstadien zu den klaren Trennungen zwischen Ich und Es der Gegenwart. In einer solchen Deutung werden die Königin der Nacht, Tamino, Papageno, die Triaden der Damen und der Knaben, Sarastro, die Prinzessin, der Mohr nicht als selbständig handelnde Personen, sondern als Seelen-Komponenten aufgefaßt, die mit „archetypischer Spontaneität" ausgerüstet sind.[52]

3. Die Königin und ihre Tochter

Der Prinz wird durch drei Damen von der Schlange befreit. Sie erscheinen im Augenblick höchster Gefahr, in dem das Ich ohnmächtig der andrängenden Triebhaftigkeit zu erliegen droht. Alles Trachten des Menschen, sagt Jung, geht „nach Befestigung des Bewußtseins. Diesem Zwecke dienten die Riten, die ‚représentations collectives', die Dogmata; sie waren Dämme und Mauern, errichtet gegen die Gefahren des Unbewußten".[53] Das bewußte Ich, auf einer niedrigen Stufe seiner Organisation von dem mächtigen Schlangenwesen, dem ouroborischen Unbewußten bedroht, sieht sich außerstande, mit

---

[52] C. G. Jung, Über die Archetypen des kollektiven Unbewußten, Eranos-Jahrbuch 1934, S. 179 f.

[53] C. G. Jung, Bewußtes und Unbewußtes, Frankfurt 1957, S. 2

den eigenen Mitteln (dem Bogen ohne Pfeile) die chaotische, chtonische Welt der Triebe zu bändigen.

Doch „wo Gefahr ist, wächst das Rettende auch" [54], die „nötige und benötigte Reaktion des kollektiven Unbewußten drückt sich in archetypisch geformten Vorstellungen aus" [55]. Im Augenblick höchster Gefahr erwacht im Unbewußten die ordnende und steuernde Macht eines Archetypus. Im Fall der massiven Bedrohung durch die Triebwelt ist das laut Jung der Archetypus der Anima, die „den Archetypus des Lebens schlechthin darstellt" [56]. Sie erlaubt es dem Bewußtsein, wieder zu sich zu finden. Allerdings ist die dadurch erreicht Organisations- und Differenzierungsstufe gering. Das Ich erliegt der Faszination durch seine Retterin, sobald es ihren übermächtigen, numinosen Aspekt erkennt: die Königin der Nacht.

Es ist von dieser rettenden Macht gefesselt, läuft Gefahr, ihr ganz zum Opfer zu fallen („Animabesessenheit" nennt Jung diesen Zustand). Denn obschon die Anima nur ein Archetypus unter vielen ist, scheint ihr doch „die Gesamtheit des unbewußten Seelenlebens" [57] zuzukommen. Sie ist Herrscherin im Reich der Dunkelheit und der Triebe. Noch andere Eigenschaften hat die Anima, mit denen sich das Bewußtsein auseinandersetzen muß: Sie ist launisch und oft treulos, sie will ihre Wünsche um jeden Preis durchsetzen, sie mischt „Liebes- und Todestränke" [58]. Moralische Bedenken sind ihr gänzlich fremd. Sie glaubt an die Identität von Schönheit und Tugend, von Ästhetik und Moral, von Lust und Wert. Konservativ, hält sie sich „an älteres Menschtum" [59], alles Eigenschaften, die zur nächtlichen Königin gehören.

Die Auseinandersetzung mit der Anima, mit dem Leben jenseits aller Kategorien und Grenzen, ist eine Mutprobe für die

---

[54] Ein von C. G. Jung in diesem Zusammenhang zitierter Vers von Hölderlin.
[55] C. G. Jung 1957, S. 30.
[56] C. G. Jung 1957, S. 43.
[57] C. G. Jung 1957, S. 37.
[58] C. G. Jung 1957, S. 35.
[59] C. G. Jung 1957, S. 38.

psychischen Kräfte des Mannes. [60] Die erste Phase dieser Auseinandersetzung ist die Ablösung vom Archetypus der Mutter,
einem sehr wichtigen Aspekt des umfassenderen Archetypus
der Anima, die Jung mit den bei der seelischen Entwicklung in
den Hintergrund gedrängten weiblichen Erbanlagen identifiziert. [61] Für den Sohn steckt gerade in der Übermacht der Mutter die erste Erscheinung der Anima, „welche manchmal zeitlebens eine sentimentale Bindung hinterläßt und das Schicksal
des Mannes am schwersten beeinträchtigt oder umgekehrt seinen Mut zu den kühnsten Taten beflügelt" [62].

Der letzte Satz ist ein gutes Beispiel für Jungs Ausdruckswei-
se, die es oft dem Leser überläßt, sich zwischen janusgesichti-
gen und widersprüchlichen Aphorismen zurechtzufinden.
Reale äußere Einflüsse – die Übermacht der Mutter gegenüber
dem Sohn, der ihr und dem sie körperlich fremd ist – werden
mit inneren Strukturen verschachtelt, die vor allen äußeren Erfahrungen bestehen. Einer von C. G. Jungs Beweisen für die
Existenz der Archetypen ist ja die Tatsache, daß er Motive der
griechischen Mythologie in den Träumen amerikanischer Ur-
einwohner fand. Jung gibt selbst zu, daß sich seine Texte oft le-
sen „wie ein gnostischer Mythos" [63]. Er entschuldigt das damit,
daß er seine Sprache der Vieldeutigkeit des Gegenstandes der
Psychologie bewußt anpasse.

Sobald wir in der Königin der Nacht den Anima-Archetypus
erkennen, stört uns ihr zwischen Gut und Böse schwankender
Charakter nicht mehr. Was die erste Analyse der Zauberflöte
als Widerspruch, Klitterung zu erkennen meinte, was die historische Forschung als Wandel in der Konzeption Schikaneders vom Lulu-Märchen zum Freimaurer-Mysterienspiel an-
sprechen mag, wird plötzlich sehr sinnvoll und Ausdruck einer
psychologischen Weisheit, die sich womöglich ihrer selbst gar

---

[60] C. G. Jung 1957, S. 39.
[61] „Jedem Geschlecht wohnt das Gegengeschlecht bis zu einem gewissen
Betrag inne, weil biologisch einzig die größere Anzahl von männlichen Genen ... den Ausschlag gibt", sagt C. G. Jung, 1957, S. 37.
[62] C. G. Jung, 1957, S. 39.
[63] C. G. Jung, Psychologie und Alchemie, Zürich 1952, S. 43.

nicht bewußt ist. Die Anima ist die Königin im Nachtreich des Unbewußten, die unsterbliche Herrscherin über wilde Tiere und primitive Völker, wie Henry Rider Haggards Romanfigur „She"[64]. Sie wird häufig als ambivalenter Dämon erlebt. Die unbewußte Seele des Mannes scheint zunächst mit der Anima identisch. In Wahrheit ist aber die Anima nur ein Archetypus unter vielen, freilich der erste, unter dem das Unbewußte dem Ich gegenüber Gestalt annimmt und die noch bedrohlichere Auseinandersetzung mit der Triebwelt, mit dem „Schatten", beendet ist.

Erst im Lauf einer Auseinandersetzung mit der Anima erkennt das Ich – Tamino – daß diese nicht das Gute rein verkörpert, sondern gute wie böse Aspekte enthält. In der späteren Entwicklung der Handlung differenziert sich die Anima: Die Königin der Nacht trägt nun den bösen, Pamina den guten Aspekt. Die Schlange hingegen steht für die noch ungeschiedene Bedrohung des Schattens, des Unbewußten an sich, der dunklen Seite in jedem Menschen. Ähnlich wie im Individuationsprozeß, der sich beispielsweise in den Traumserien einer Psychotherapie verfolgen läßt, sind auch in der nächtlichen Königin, dieser Herrscherin ohne Namen, der gute und der böse Aspekt des Archetypus verschmolzen. Mit verblüffender Genauigkeit wird die Mutter erst in dem Augenblick böse, nachdem ihr guter Aspekt – Pamina – zum ersten Mal aufgetreten ist.[65]

Wie jeder Archetypus erfüllt auch die Anima zunächst den ganzen Menschen. Ein alltägliches Beispiel dieses Prozesses ist die Verliebtheit – in der Zauberflöte die in ein Bild. In der

---

[64] Ein phantastischer Roman, der unter dem Titel „Sie" auch in deutscher Übersetzung vorliegt, von Jung als gute Charakterisierung der Anima erwähnt wird (1957, S. 41) und von Erika Brunner, Die Anima als Schicksalsproblem des Mannes, Zürich 1964, zum Ausgangspunkt einer Monographie gemacht wird.
[65] Es liegt nahe, an die alltägliche Beobachtung zu denken, daß eine entzückende Dame, die Mutter der Freundin, als Schwiegermutter zu dem sprichwörtlichen „Drachen" wird: Der Mann projiziert die negative Seite seiner Anima auf sie, während er die positive seiner Frau vorbehält.

schicksalsmäßigen „Liebe auf den ersten Blick" verkörpert die Frau einen Typus, der die Animaprojektion des Mannes anzieht und so Kräfte entfesselt, die lange Zeit als magisch galten. „Wenn z.B. ein alter, hochverdienter Gelehrter noch mit siebzig Jahren seine Familie stehen läßt und eine zwanzigjährige, rothaarige Schauspielerin heiratet, dann – wissen wir – haben sich die Götter wieder ein Opfer geholt", schildert Jung und setzt fast bedauernd hinzu: „Bis vor kurzem wäre es noch ein leichtes gewesen, diese junge Person als Hexe abzutun."[66]

4. Der Vogelmensch

Wenn wir die Stellung Papagenos innerhalb des in der Zauberflöte verschlüsselten Individuationsprozesses betrachten, müssen wir uns zunächst an die von Jung in seinem Werk „Psychologische Typen"[67] entwickelte Lehre von den vier Grundfunktionen erinnern: Denken, Fühlen, Empfinden, Intuieren. In seinen Ausführungen „Zur Phänomenologie des Geistes im Märchen" bemerkt Jung, daß drei dieser Funktionen dem bewußten Ich zur Verfügung stehen; eine von ihnen ist regelmäßig die führende Funktion. Sie gehorcht den Absichten des bewußten Ich und verhält sich nur selten spontan. Zwei andere Funktionen sind ihre Helfer, weniger prompt einsatzbereit und gelegentlich auch unbewußten Einflüssen unterworfen. Die vierte Funktion ist fast ganz unbewußt. Sie untersteht (beim Mann) der Anima, die Lebenswerte über geistige Werte setzt. Sie ist wenig differenziert und kaum willkürlich zu steuern. Andererseits ist gerade diese inferiore Funktion für die seelische Weiterentwicklung von ausschlaggebender Bedeutung, beeinflußt sie doch in „geheimer und tückischer Weise ... am allermeisten die Hauptfunktion, wie letztere die erstere am meisten unterdrückt"[68].

---

[66] C. G. Jung 1957, S. 40.
[67] C. G. Jung, Psychologische Typen, 9. verb. Aufl. Zürich 1960.
[68] C. G. Jung 1957, S. 126.

Diese vierte seelische Funktion arbeitet selbständig und mehr oder weniger bewußtseinsfern. Daraus läßt sich die Berechtigung ableiten, sie dem Bewußtsein, d. h. dem Ich als selbständig handelndem „Prinzen" als unzuverlässige, bald prahlerische, bald verzagt dienende Person gegenüberzustellen, die ihn auf seiner Suche begleitet. Nach den Anregungen Jungs hat vor allem Erika Brunner in ihrer Deutung von Haggards „She" diese Interpretation verwendet.

Papageno ist ein Diener der sternflammenden Königin. Auf ihr Geheiß begleitet er Tamino. Da im Unbewußten zunächst die archetypische Macht der Anima herrscht, kann sich die inferiore Funktion nicht widersetzen. Tamino verfügt über die Intuition als Hauptfunktion; Denken und Fühlen sind Hilfsfunktionen. Inferior, weitgehend unbewußt und ichfern ist seine Empfindungsfunktion. Jung nimmt an, daß diese inferiore Funktion komplementär zur Hauptfunktion eingestellt ist, im Fall des Helden der Zauberflöte die introvertierte Intuition. Tatsächlich erscheint der Essen, Trinken und einem Mädchen oder Weibchen so herzhaft zugetane Papageno als die schönste Verkörperung des extravertierten Empfindungstypus, wie sie deutlicher kaum zu zeichnen ist. „Ich verlange im Grund gar keine Weisheit. Ich bin so ein Naturmensch, der sich mit Schlaf, Speis und Trank begnügt, und wenn es ja sein könnte, daß ich mir einmal ein hübsches Weibchen fange" (II, 3). „Blase nur fort auf deiner Flöte, ich will meine Brocken blasen. Herr Sarastro führt eine gute Küche." Schließlich der Vorwurf der Priester: „Dafür wirst du das himmlische Vergnügen der Eingeweihten nie fühlen!" Was entgegnet die extravertierte Empfindung? „Je nun, es gibt ja noch mehr Leute meinesgleichen! Mir wäre jetzt ein Glas Wein das himmlischste Vergnügen" (II, 23).

Die unbewußten Funktionsanteile sind immer komplementär-kompensatorisch zu den bewußten eingestellt: Denken und Fühlen sind im Unbewußten extraveriert, wenn sie in ihren dem Ich unterstehenden Teilen introvertiert sind. Die völlig unbewußte Empfindungsfunktion ist hingegen gänzlich extravertiert. Nach allem, was aus Schikaneders Biographie bekannt ist, war er ein extravertierter Empfindungstypus. Er hat Papagenos Rolle für sich selbst verfaßt. Aber gerade deshalb wird *seine* unbewußte Phantasie von dem polar zu seinem bewußten Ich eingestellten Typus beherrscht: Für Schikaneder ist sozusagen Tamino, was für Tamino Papageno ist.

Die unbewußt-inferiore Funktion erscheint in fremdartigem Gewand, wie alles, was dem Ich aus dem Unbewußten entgegentritt. Der Vogelmensch ist nicht nur Naturkind, sondern auch Kobold; er prahlt und lügt, aber er sagt auch Wahrheiten, die nur der Narr ausplaudern darf: „Nun, da hast du meine Hand darauf, daß ich dir ewig getreu bleibe ... solange ich keine Schönere sehe" (II, 23). Er tut, als sei er es, der die Triebe bändigen kann; statt dessen ist er ihnen selbst entweder unterworfen oder nimmt Reißaus vor ihnen. Die drei Damen bringen den Prahler zum Verstummen: Die unbewußten Anteile der übrigen Funktionen bändigen die vierte. Das Ich tut gut daran, sich nicht zu sehr auf die inferiore Funktion zu verlassen, die ihm in kritischen Situationen Streiche spielt und schließlich – wie Papageno im zweiten Auftritt – buchstäblich auf der Strecke bleibt und ihre eigenen Wege geht.

In dem Individuationsprozeß, der in der Zauberflöte verschlüsselt ist, nimmt die inferiore Funktion nicht an der Höherentwicklung des Bewußtseins teil. Papageno, die extravertierte Empfindungsfunktion, findet eine eigene Geliebte. Der entsprechende Teil des Anima-Archetypus bleibt also weiterhin unbewußt und führt ein eigenständiges Leben als vom Bewußtsein unkontrollierter „Komplex". Das klingt sehr spekulativ, wird aber durch einen Plan zur Fortführung der Zauberflöte überraschend bestätigt, der noch eingehender zu untersuchen ist. Kein geringerer Autor als Goethe hat sich für Schikaneders Buch so erwärmt, daß er dessen Gestalten weiterentwickelte. Die Tochter von Papagena, ein anmutiges Naturwesen, soll den Sohn von Tamino und Pamina zurückgewinnen, den die nächtliche Königin entführt hat. Erst durch eine solche Verbindung zwischen dem „niederen" und dem „hohen" Paar wäre der Individuationsprozeß vollständig.

Das Märchen entläßt uns wie andere, manchmal abschätzig eskapistisch genannte Literatur in dem Augenblick, in dem sich die Liebenden gefunden haben. Die seelischen Probleme in unserer Lebensbewältigung hingegen entlassen uns nicht; es scheint manchmal sogar leichter, in einem Abenteuer eine leidlich gute Figur zu machen als während einer Ehe. Das Ich wird während einer längeren Auseinandersetzung mit der Anima die verschütteten Zugangsmöglichkeiten zu seiner inferioren Funktion deutlicher vermissen, als während einer dramatischen ersten Begegnung.

Papageno und Papagena stehen für inferiore psychische Funktionen, die dem Einfluß des Ich weitgehend entzogen sind. Sie bleiben von dem Prozeß der Läuterung ausgeschlossen, in dessen Verlauf das Ich die dunkle, rückwärtsgerichtete Seite der Anima – die nächtliche Königin – von der hellen, progressiven Seite zu unterscheiden lernt. Im Verlauf der Erzählung gibt es eine große Nähe zwischen Papageno und Pamina. Nicht Tamino, sondern Papageno findet Pamina, nicht der Prinz, sondern er ficht den ersten Kampf mit dem Monostatos; wie über den Verstand Papagenos, so gehen die Prüfungen im Weisheitstempel auch über den Verstand Paminas.

Sie wird wahnsinnig und reagiert, wie der Vogelmensch, mit einem Selbstmordversuch. Tatsächlich steht nach der jungianischen Theorie die inferiore Funktion der Anima besonders nahe. So wird die scheinbare Unlogik des Textbuches, die Lähmung des lichten Helden und die dramatische Bedeutung des lächerlichen Vogelmenschen, zum Ausdruck eines tiefen psychologischen Geheimnisses, als hätte Schikaneder geahnt, was erst später in einer psychologischen Theoriesprache formuliert wurde. Auch das Rätsel, weshalb Papageno und Pamina, ohne die Prüfungen zu bestehen, ebenso belohnt werden wie der Prinz, ist so lösbar: Auch wenn die inferiore Funktion dem Bewußtsein wie eine fremde, wilde Gestalt gegenübertritt, hat sie doch an allem Anteil, was das Ich erreicht.

Die inferiore Funktion und die Anima bzw. der Animus stehen für jene Mächte, die uns „gefangen nehmen", die uns mit „Tod und Verderben" bedrohen. Zugleich ist diese Begegnung unerläßlich, wenn die seelische Entwicklung weitergehen soll. In seelischen Krisen, in verfahrenen Situationen, Sackgassen ist oft gerade die Eigenschaft (oder das Bündel von Eigenschaften), die wir bisher für belanglos gehalten oder sogar verworfen haben, von unersetzlichem Wert.

Die Anima (bzw. der Animus) regieren häufig über jene seelischen Bereiche, die durch Desidentifizierung mit Mutter und/oder Vater abgespalten wurden. Desidentifizierung benennt jenen Vorgang, in dem ein Kind oder ein Jugendlicher versucht, eine Identität durch den zwanghaften Vorsatz zu gewinnen, gewiß nicht so zu sein wie Vater oder Mutter. Dadurch werden Funktionen inferiorisiert, die zur Lebensbewältigung unerläßlich sind.

Ein Beispiel: Der 41jährige Mann kommt mit heftigen Angstzuständen und Depressionen, weil er sich weder an seine Freundin binden noch sie verlassen kann. In der Bindung befürchtet er, einer dicken, ansprüchlichen, passiven Frau ausgeliefert zu sein, in der Trennung, für immer zu vereinsamen und keine der schlanken, schönen Frauen erobern zu können, nach denen er sich sehnt. In der Realität ist seine Freundin schlank und attraktiv, aber sie ist ihrerseits in ihrer Weiblichkeit sehr unsicher und wünscht sich von ihm eine aktive Gestaltung der Beziehung und ein klares Bekenntnis zu ihr. Dann könnte sie auch wieder mit ihm schlafen, obwohl sie das eigentlich nicht so braucht wie er.

Der Mann hat sich, solange er sich erinnern kann, vorgenommen, ganz anders zu sein als sein Vater, der ein autoritäres und gelegentlich aggressives Regime führte. Die Mutter war genau so, wie er fürchtet, daß seine Freundin werden könnte, wenn er ihr und sich den durchaus vorhandenen Kinderwunsch erfüllt: dick, depressiv, klagsam.

Die Depression hängt damit zusammen, daß der Patient sich vor der Verlassenheit fürchtet, die er selbst immer wieder dadurch herstellt, daß er jede Bindung an die Freundin abschneidet, weil er sie wie seine Mutter erlebt, vor der er sich deshalb so fürchtet, weil er die extravertierten, aggressiven Seiten nicht zulassen kann, die er im Zug seiner Desidentifizierung mit dem Vater abwerten und abwehren mußte. Er lebt sozusagen im Reich einer nächtlichen Königin, kämpft gegen die völlige Unterwerfung und kann sich gleichzeitig nicht befreien, weil ihm die Unbekümmertheit (Papageno) und die phallische Kraft (die Flöte) fehlen, die er bräuchte, um aus seinem Dilemma zu entkommen.

5. Drei Knaben und drei Damen

Wenn wir die Funktionenlehre Jungs auf die Zauberflöte beziehen, gewinnen wir eine neue Klarheit über die beiden Triaden: die drei Damen und die drei Knaben. Die drei Damen, die wir zunächst kaum von der Anima unterscheiden konnten, sind die unbewußten Aspekte der drei Hauptfunktionen; sie sind also kompensatorisch extravertiert. Tatsächlich strafen sie nicht nur Papageno, sondern funktionieren auch in anderen Situationen auf seinem Niveau – sie sind lüstern, keine will es zulassen, daß eine von ihnen mit dem ohnmächtigen Prinzen allein bleibt (I, 1), sie spotten über ihr Opfer Papageno, sie stoßen leere Drohungen aus.

Die drei Knaben hingegen entsprechen den bewußten Funktionen. Sie treten als weise Führer und Ratgeber auf, sie halten sich aus dem Kampf der Mächte heraus, schweben über allem und greifen dann ein, wenn Überlegung und Besinnung angezeigt sind, zum Beispiel in den kritischen Situationen der Verzweiflung, wenn Pamina sich erdolchen oder Papageno sich erhängen will. Solange die Anima noch gut und böse ungeschieden in sich vereint, gehorchen sie ihr, doch sind sie ihr nicht unterworfen. Sie gehören auch nicht zum Reich des „alten Weisen", sondern nehmen auch von diesem Archetypus nur auf, was ihnen entspricht. Die unbewußten Anteile der drei Hauptfunktionen, Diener der Anima, besiegen zwar auf einer frühen Stufe der Individuation die Schlange, doch zeigt sich später immer deutlicher, daß sie der dunklen Seite der Anima angehören und im Verlauf des Selbstfindungsprozesses ihre Macht verlieren müssen.

6. Der alte Weise

Der Archetypus des Geistes, von Jung auch der des „Sinnes" schlechthin oder bildlich der des „alten Weisen" genannt, ist einer der wichtigsten in der Lehre vom Individuationsprozeß. Sarastro und sein Schatten Monostatos entsprechen diesem Urbild in vielen Merkmalen. „Im Erleben dieses Archetypus erfährt der Moderne die urälteste Art des Denkens als eine autonome Funktion, deren Objekt man ist."[69]

Der alte Weise, die Personifikation des „es denkt mich", taucht aus dem Unbewußten auf, wenn die Auseinandersetzung des Bewußtseins mit dem Unbewußten an einen kritischen Punkt geraten ist. Sein Auftritt ist unerläßlich, da der bewußte Wille, die intendierte Reflexion, kaum in der Lage ist, die Persönlichkeit so zu einigen, daß sie mit dem Unbewußten erfolgreich umgehen kann. Der alte Weise macht einem rein gefühlsmäßigen Reagieren ein Ende, er befreit das Ich von der Macht seiner Affekte und setzt „eine Kette innerer Konfrontations- und Realisationsvorgänge" in Bewegung.[70]

Das ist tatsächlich die Funktion Sarastros in der Zauberflöte. Er greift in die Auseinandersetzung des Ichs mit den affektiven Lebensmächten der Anima ein, ermöglicht Klärung, Distanz und neue Prüfung, erlaubt dem Bewußtsein, die Anima differenzierter zu erkennen und zu integrieren. Ein Merkmal, das moderne Kritiker des Textes sehr erbittert hat, die Frauenfeindlichkeit einiger Äußerungen Sarastros und des ersten Sprechers der Priester[71], läßt sich unter diesem Gesichtspunkt

---

[69] C. G. Jung 1957, S. 48.
[70] C. G. Jung 1957, S. 106.
[71] Wolf Rosenberg in: H.-K.Metzger u. R. Riehn (Hg.), Mozart – Ist die Zauberflöte ein Machwerk, Musik-Konzepte 3, München 1985, S. 6: „Weitere göttliche Weisheiten werden uns von Sarastro und seinen gelehrigen Dienern bis zum Überdruß serviert; sie bestehen aus ebenso schwachsinnigen

ebenfalls verstehen. Das „philiströse Vorurteil" entstammt einer uralten Wurzel, einer männlichen Angst vor der mütterlich-lebendigen Übermacht, die nur durch Entwertung verkleinert werden kann.

Auch für sie steht der Archetypus des alten Weisen. Der Archetypus des Geistes hat nicht nur einen guten, sondern auch einen bösen Aspekt, „wie der primitive Medizinmann einerseits der heilende Helfer, anderseits der gefürchtete Giftmischer ist"[72]. In seiner Analyse des Märchens „Die Prinzessin auf dem Baum" hat Jung gezeigt, daß der Archetypus des Geistes oft dem Bewußtsein den Archetypus des Lebens, die Anima, entzieht. So wird das Ich – der König oder Prinz des Märchens – zur Suche nach dem verlorenen Lebensreiz genötigt und kann etwas gewinnen, was ihn erst zum Helden, d. h. zu höheren Persönlichkeit, zum Selbst macht.[73]

In dem dort analysierten Märchen tritt der Geist als „Jäger" und „Rabe" auf; man erinnert sich an den Wotan der germanischen Sage. Auch Sarastro hat die Anima entführt und nötigt so den Prinzen, sie zu suchen. Auch er ist ein Jäger, so sagt Pamina in I, 14. Dem rabenschwarzen Monostatos räumt er mehr Macht in seinem Reiche ein, als man seiner Weisheit zutrauen mag. So ganz Unrecht hat die Anima nicht, wenn sie ihn einen Bösewicht (I, 6) nennt, obwohl die Bezeichnung „mächtiger, böser Dämon" der drei Damen (I, 5) eher zutrifft. Wie der von Jung als Geist-Archetypus identifizierte Jäger hat auch Sarastro die Gabe, sich „in jede erdenkliche Gestalt zu verwandeln" (I, 5). Und ähnlich wie die Königin nach dem Auftreten Paminas

---

wie niederträchtigen Tiraden gegen die ‚Weiber', stets vorgetragen mit erhobenem Zeigefinger, als ob es sich um Lehren handelte und nicht um nachgeplapperte philiströse Vorurteile." Auch Erich Neumann spricht in seiner Deutung der Zauberflöte von patriarchalischer Überheblichkeit, die „am Stammtisch und im Männerbund ebenso wie in der nur männlichen Art des Philosophierens und in der psychologischen Bewertung des Weiblichen durch den Mann" nachweisbar sei. Erich Neumann, Zur Psychologie des Weiblichen, Olten/Freiburg 1953.

[72] C. G. Jung 1957, S. 113.
[73] C. G. Jung 1957, S. 116.

böse wird, so gewinnt Sarastro immer mehr an Güte, je teuflischer Monostatos auftritt.

Wenn Schikaneder und seine Mitarbeiter die „Risse im Bau"[74] der Handlung nicht kitteten, lag es daran, daß sie schludrig und unter Zeitdruck arbeiteten? Oder gab diese Eile nur die Gelegenheit, dem Unbewußten und seinen Gestaltungskräften Raum zu gewähren? Bewirkten diese dann, daß in der konfus erscheinenden Handlung Weisheiten verborgen sind, die erst anderhalb Jahrhunderte später durch die Theorie C. G. Jungs wissenschaftlich faßbar wurden?

Wenn die nächtliche Königin zunächst als majestätische Herrscherin und unglückliche Mutter auftritt, später aber als rachsüchtige Furie, die ihr Kind den eigenen Machtgelüsten opfert, dann wird dieser Widerspruch sinnvoll, sobald wir keine Person, sondern einen Archetypus erkennen, der zu Beginn der Auseinandersetzung mit dem Bewußtsein noch gute und böse Aspekte ungeschieden vermischt. In der Individuation ist es der Archetypus des Geistes, der die Anima differenziert; gleichzeitig wird aber auch der Archetypus des Geistes durch die Begegnung mit der Anima gereinigt, er kann sich durch sie von seinem dunklen Doppelgänger, dem Mohren Monostatos, befreien, den er ohne den Raub Paminas weiterhin als treuen Diener und Haushofmeister behalten würde.

Man könnte einwenden: Der Text der Zauberflöte ist ein hingeschludertes Machwerk; wenn nicht zufällig Mozart diese himmlische Musik dazu komponiert und Schikaneders Buch unsterblich gemacht hätte, würde sich kein Interpret damit befassen. Das ist nicht falsch, aber es muß auch nicht die ganze Wahrheit sein. Denn immerhin hat Schikaneder Mozart als Komponisten gerade für diesen Text gewonnen. Es gibt auch Mozartopern, die nur sehr selten aufgeführt werden und fast vergessen sind. Die Zauberflöte hingegen gilt als eines seiner wichtigsten Werke. Niemand kann fundiert behaupten, daß der Text nichts zu diesen Wirkungen beiträgt und der Kompo-

---

[74] Zentner a. a. O., S. 6.

nist jedes andere Singspiel zu ähnlicher Bedeutung hätte heben können. Der Erfolg künstlerischer Produktionen ist immer vielschichtig und vom Zusammentreffen der unterschiedlichsten Umstände abhängig. Nicht allein *was* gestaltet wird, sondern ob es zur rechten Zeit vor dem richtigen Publikum unter den richtigen Umständen erscheint, bestimmt die Geltung eines Werks. Nachträglich wirksame Komponenten von unwirksamen zu unterscheiden ist fast unmöglich.

7. Die Prüfungen

Die von Sarastro dem Prinzen auferlegten Prüfungen sollen dazu verhelfen, ihn „die Macht der Götter erkennen" zu lehren (II, 1). Es handelt sich dabei um Schritte des Geistes, der in der Gestalt des alten Weisen dem Ich mehr Klarheit über die Vorgänge im Unbewußten verschaffen soll. Die Macht der Göttter ist die Macht der Archetypen. Dieser Aspekt von Jungs Lehre, der eine Psychologisierung theologischer Offenbarung enthält, ist umstritten: Manche halten ihn für eine unausweichliche Modernisierung der Religion; andere sehen darin eine Banalisierung.

7a Das Schweigen

Der erste Ansatz zur Überwindung „anima"lischer Ängste und Bindungen ist das Schweigen, der Stillstand des affektgeladenen Reagierens auf die Lebensmächte der Anima, vor allem auf ihren mütterlichen Aspekt, der festhält und zum Kind macht. In der Tat richtet sich das Schweigen in der Zauberflöte gegen Frauen; die Schweigeprobe ist eine Abgrenzung gegen die Mutter. Sie hebt die primäre Bindung des Sohns auf: Er gehorcht dem mütterlichen Gebot nicht mehr, er richtet eine Wand auf, verweigert den Kontakt. Es ist die dramatische und überhöhte Kopie jenes Loslösungsprozesses, der in den Augen der Eltern aus anschmiegsamen und vertrauensseligen Kindern fast über Nacht wortkarge, mürrische Heranwachsende macht, die sich im Badezimmer einschließen.

In Schikaneders Text wird diese Desidentifizierung mit der Mutter durch „Weisheitslehren" ergänzt, die frauenfeindlich anmuten: „Ein Weib tut wenig, plaudert viel" (I, 15) sowie „Bewahret euch vor Weibertücken" (II, 3). Der Geist, noch nicht von seinem Schatten gereinigt (dem Monostatos), geht in seiner Abgrenzung über das richtige Maß hinaus. Er gerät in die Gefahr, die Anima ganz zu verteufeln, sie für immer von der Integration in das bewußte Ich auszuschließen. In solchen Fällen wird der Geist zum „Widersacher der Seele"[75]. Diese Gefahr symbolisiert in der Zauberflöte Paminas Wahnsinn und Selbstmordplan. Sie wird durch die drei Knaben gerettet. Sie sind Symbole der psychischen Funktionen, die allen Archetypen verpflichtet sind und daher der nächtlichen Königin ebenso unabhängig dienen wie Sarastro.

Das Ich geht durch die Stadien der Anima-Inflation (der blinde Gehorsam gegenüber der Königin der Nacht), der Unterwerfung unter die alten Weisen bis hin zum Anima-Verlust und endlich der Wiedervereinigung mit der gereinigten Anima. Durch die rettende Tat der drei dem Ich verfügbaren Funktionen wird die Anima gerettet und in gereinigter, integrierbarer Form wieder verfügbar. So kann der Individuationsprozeß, der sonst scheitern müßte, weitergeführt werden. Pamina begleitet Tamino durch Wasser und Feuer, sie erinnert ihn an die Zaubermacht der Flöte. Tod, Verdrängung und Schweigen sind einander verwandt; der Selbstmordversuch ersetzt die nicht bestandene (Papageno) oder nicht unternommene (Pamina) Schweigeprobe, die Distanzierung von der Mutter-Anima.

Sowohl Tamino wie Papageno zeigen im ersten Aufzug Zei-

---

[75] Ludwig Klages, Der Geist als Widersacher der Seele, Bd. I u. II, Leipzig 1928. Klages war einer der Begründer der „Charakterkunde" und der Graphologie; auch seine Handschriftendeutung beruhte auf der Spannung zwischen Emotionalität, intellektueller Kontrolle und Formniveau. Er hat vor allem die deutsche Psychologie im Nationalsozialismus und in der unmittelbaren Nachkriegszeit beeinflußt. Vgl. auch Ludwig Klages, Die psychologischen Errungenschaften Nietzsches, Leipzig 1930 und ders., Vom Wesen des Bewußtseins, Leipzig 1921.

chen einer adoleszenten Grandiosität, wie sie ensteht, wenn Jugendliche überzeugt sind, der Vorsatz sei so gut wie die Tat. Sie/er will es besser machen als Mutter/Vater – und damit ist die Überlegenheit auch schon hergestellt. Papageno rühmt sich unverforen, die Schlange erlegt zu haben: „Bei mir ist ein starker Druck mit der Hand mehr als Waffen" (I, 2); Tamino, der nicht mit der Schlange fertig wurde, welche die drei Damen erledigt haben, traut sich sogleich zu, den „mächtigen, bösen Dämon" zu besiegen, an den sich seine Retterinnen nicht wagen: „Kommt, Mädchen, führt mich! Pamina sei gerettet, der Böse-wicht falle von meinem Arm" (I, 5).

Diese Selbstüberschätzung und Ich-Aufblähung kann nur durch eine Krise und die ihr folgende Trauerarbeit auf ein realistisches, gesundes Selbstgefühl ermäßigt werden. Das setzt voraus, daß nicht der unmögliche Erfolg notwendig ist, um den Zweifel auszuschalten, daß man gar nichts erreichen wird. Zwischen Allmachtsphantasie und Ohnmachtserleben muß das Ich seinen Weg zur Eigenverantwortung finden.

Exkurs: Zum Verständnis von „Trauerarbeit"

Eine junge Frau spricht mich nach einer Lesung in einer Buchhandlung an. Sie habe sich bemüht, richtige Trauerarbeit zu leisten, als ihre letzte Beziehung schiefgegangen sei. Sie sei darin jedoch unbefriedigt geblieben. Es sei ihr nicht klar, was sie dazu tun solle. Müsse sie ganz intensiv nachdenken oder weinen und schreien? Wann sei das abgeschlossen und vor allem: Gebe es ein Mittel, die Trauerarbeit über die augenblickliche Erleichterung hinauszuführen, die sie nach ihren bisherigen Versuchen durchaus gespürt habe, sie zu einem Ziel, einem wirklichen Abschluß und einer neuen Sicherheit zu führen?

Diese Frage zeigt, welche Macht die metaphorischen Felder eines Ausdrucks entfalten. Die Verbindung von Trauer und Arbeit belegt die natürlichen Reaktionen auf den Verlust eines geliebten Menschen mit der Qualität einer Leistung. Arbeit bedeutet nicht nur Tätigkeit, Leistung, sondern auch Mühe, Strapaze (das lateinische „labor" hat diese Bedeutung in noch ausgeprägterem Sinn). Der Begriff der Trauerarbeit verdoppelt die unangenehmen Qualitäten des Traueraffekts, enthält aber gleichzeitig auch das Versprechen einer Gestaltungsmöglichkeit. Wie Ingenieure aus der Beobachtung eines Bewegungsablaufs diesen so optimieren können, daß der Arbeiter mit geringerer Mühe mehr produziert, so wird vom Psychologen erwartet, er könne die Trauerarbeit optimieren und so dazu verhelfen, sie schneller und mit einem hochwertigeren Ergebnis abzuschließen.

Die Suche nach einem solchen Abschluß in möglichst kurzer Zeit drückt aus, daß unsere Epoche es den Menschen *erschwert*, den natürlichen Zyklus der Trauer zu durchleben. Gleichzeitig scheint es aber Gründe zu geben, dem Trauerprozeß gewissermaßen eine höhere Leistung abzuverlangen. Am Trauerthema wird das christliche Erlösungsmotiv rekapituliert. Der Zeitkritiker betrauert die Trauerlosigkeit seiner Nation. Er führt keine Ambivalenzdiskussion, wie sie an sich zum argumentativen Repertoire der Psychoanalyse gehört, stellt nicht die Vorteile des Vergessens, die Tugend des manisch verleugnenden Neuanfangs, den Vorteilen der Trauer und der Auseinandersetzung mit schmerzhaften Wahrheiten gegenüber, untersucht dann Nachteile der Manie und Nachteile der Depression. Trauerarbeit erscheint als das rein Gute, die Verleugnung des Verlustes und der Aufbau einer neuen Welt auf den Fundamenten des forcierten Vergessens als das reine Übel. In dieser Welt hätte Papageno keine Chance, sie gehört ganz den Eingeweihten.

Komplizierte Abläufe lassen sich leichter verstehen, wenn sie auf möglichst einfache Situationen und Modelle bezogen werden können. Das macht die Kindheit unter den Psychologen, die sich mit aufwühlenden menschlichen Erlebnissen auseinandersetzen, so beliebt. Aber diese Modellbildung an der Kindheit birgt auch große Gefahren, weil sie Unterschiede zwischen den früheren und den späteren Phasen verwischt und nicht selten versucht, erwachsenes Verhalten allzu direkt aus dem kindlichen Leid heraus zu verstehen.

. Der menschliche Säugling ist, wie alle Primatenbabys, auf

eine Beziehung zu einem sorgenden, größeren Artgenossen angewiesen. Dazu gehört, daß er passiv bleibt, sich anklammert und Alarmsignale – vor allem stimmlicher Art – sendet. In diesen Signalen liegt viel, was den erwachsenen Beobachter wie der Ausdruck von Wut anmutet. Allgemein läßt sich sagen, daß für den Säugling eine Störung seines physiologischen Gleichgewichts eine innere Unruhe auslöst, die sich sehr schnell in äußere, stimmliche Signale umsetzt, die von vielen Erwachsenen als alarmierend, aufregend, schmerzlich, nicht selten als aggressiv empfunden werden.

Was verlassenen Kindern und Depressiven gemeinsam ist, scheint die Ausdrucksarmut. Ein normales Kind schreit heftig, wenn es Unlust verspürt, das vernachlässigte wimmert vielleicht nur oder schlägt den Kopf gegen das Bett. In einer Projektion späterer Erlebnisqualitäten gesagt: Das Baby im Zustand des extremen Hospitalismus (anaklitische Depression) hat die Hoffnung aufgegeben, daß es gehört wird, und ganz ähnlich scheint es um viele Depressive bestellt. Darin unterscheidet sich auch die Depression von der Trauer, wobei sich die psychischen Verhältnisse wohl am besten so beschreiben lassen, daß in dem Spektrum der Versagens- bzw. Verlustreaktion die Trauer den ausdrucksvollsten, die Depression den ausdrucksleeren Pol charakterisiert. Der Gegenpol der Trauer ist die Freude, der Gegenpol der Depression die Manie; während in dem Paar Trauer und Freude die Aggression gebunden bleibt, ist sie in Depression und Manie gehemmt bzw. enthemmt: Der Depressive erscheint wehrlos, apathisch, der Manische ist lästig, reizbar, latent oder offen aggressiv. Manie und Depression sind sozusagen Extremvarianten von Freude und Trauer. In ihnen brechen Sublimierungen zusammen, die in dem gemäßigten Wechselspiel bestehen bleiben: betrübt, aber nicht zu Tode; jauchzend, aber nicht himmelhoch. In der Trauer ist die Freude als Erlebnismöglichkeit nicht undenkbar geworden wie in der Depression; in der Freude ist die Trauer nicht so ausgeschlossen wie in der Manie. Daß sich die extremen Erlebnisqualitäten von Depression und Manie zu den integrativen und den eigenen Gegenpol *erkennenden* der Trauer und Freude wandeln, hängt mit einer Erkenntnis der eigenen Unvollständigkeit zusammen. In der Zauberflöte tauchen die extremen Zustände, in denen Stimmungen blitzschnell wechseln, höchste Wonne in Suizidimpulse umschlägt, in den Handlungsabschnitten auf, in denen sich die Paare Pamina-Tamino und Papagena-Papageno noch nicht stabil verbunden haben. Die Anima bzw. der Animus sind noch projiziert, die Tatsache der Unvollständigkeit kann nicht akzeptiert, sondern nur manisch verleugnet („ein Weiser prüft und achtet nicht / was der gemeine Pöbel spricht") oder depressiv hingenommen werden.

Solche Überlegungen bereiten darauf vor, in der Entstehung von Trauer und Freude einen relativ komplexen Reifungsprozeß zu vermuten, der mit einer gewachsenen Toleranz für Ambivalenzen zusammenhängt. Diese Ambivalenztoleranz ermöglicht ein stabiles Bild der Realität unseres Lebens und unserer Gefühlsbeziehungen, in denen sich Süßes und Bitteres immer mischen. Der Gegenpol der Ambivalenztoleranz ist die Spaltung: Emotionale Beziehungen können nur durch Idealisierung aufrechterhalten werden, der Partner muß ganz gut sein, alles Negative an seinem Bild wird abgespalten und in die Latenz geschickt. Kann diese Spaltung nicht aufrechterhalten werden, verwandelt sich der positiv idealisierte Partner in einen negativ idealisierten. Seine Schlechtigkeit wird nun ebenso depressiv vertieft, wie seine Güte manisch überhöht war. Othello ist ein klassisches Beispiel für solche Prozesse. Desdemona wird von ihm idealisiert; sobald er aber an ihr zweifeln muß, ist sie ganz ohne Wert und des Todes schuldig. Die Beziehung hat eine manische Qualität. Geht die Idealisierung verloren, verfällt Othello zwar nicht in eine Depression, kann aber auch nicht trauern, er kann sich nicht ausdrücken, sondern muß töten. Das Liebste zu töten, war er hat, rückt ihn in die Nähe des Depressiven, dessen Selbstmordgedanken die Entmischung seiner Sublimierungen anzeigen. Pamina und Papageno zeigen im Libretto diese depressiv-suizidalen Reaktionen.

Die Konstitution der Trauer hängt mit einem Erleben erträglicher Ohnmacht zusammen. Sie ist mit dem zweiten Zeichen der reifen seelischen Organisation, der Ambivalenztoleranz, insofern verbunden, als in der Trauer – im Gegensatz zur Depression – die Möglichkeiten des Handelns und der Verantwortung gleichzeitig mit den Möglichkeiten der Untätigkeit und des Ausgeliefertseins vertreten sind. In der kindlichen Entwicklung kann sich die Trauer erst dann herausbilden, wenn das Kind erlebt, daß es fähig ist, sein Leben zu verändern und zu gestalten. Vor dem Hintergrund dieser Qualität kann die Grenze der eigenen Macht erkannt und der gescheiterte Impuls, sie zu überschreiten, mit Trauer verarbeitet werden. In früheren Perioden würde das Kind schreien, um sich Hilfe zu holen, weil es die Grenze der eigenen Macht noch nicht von den Grenzen der Macht der erwachsenen Bezugspersonen unterscheidet. Das traurige Kind hat sowohl diese Grenze wie auch die Grenze der mütterlich/väterlichen Macht erkannt. Die Trauer hilft ihm, diese Erkenntnis zu ertragen. Sie ist somit auch eine Vorbedingung der Freude, die etwa darin liegt, den Eltern altersgemäß zu helfen, ihnen etwas zu zeigen, von ihnen für die eigene Autonomie anerkannt zu werden.

In den reifen emotionalen Reaktionen mischen sich Trauer und Freude fast ständig. So entsteht die relativ ausgeglichene Stimmungslage des gesunden Erwachsenen während entspannter Perioden seines Lebens, wenn er sich nicht verliebt und niemanden verliert, wenn die körperliche Gesundheit mit kleinen Schwankungen stabil ist und die soziale Situation keine unmittelbaren Bedrohungen enthält. Dieser Zustand ist in den zivilisierten Ländern und auch außerhalb ihrer Bereiche weit üblicher und stärker verbreitet, als man es den Medien entnehmen kann; dennoch ist er für viele unerreichbar, und bei einigen dieser Personen sind es psychische Hindernisse, die diesem Ziel im Weg stehen.

Wenn ich über die Straße gehe und eine anziehende Blondine sehe, sieht die gemischte emotionale Reaktion so aus, daß ich mich über diesen reizvollen Anblick freue und gleichzeitig traurig bin, daß es bei dieser diskreten Freude aus der Ferne bleiben muß, weil ich die Brünette, mit der ich lebe, weder kränken noch verlieren will.

Wesentlich für die Verarbeitung dieser Situation ist, daß diese Legierung von Freude und Trauer stabil bleibt und keine entmischten Affekte der Gier und der Aggression das Verhalten bestimmen. (Papageno: „Ich schwöre, dir ewig treu zu sein!" und beiseite: „Solange ich keine Schönere sehe!"). Die Gier würde mir sagen, daß ich doch jederzeit die Blondine haben kann und das Problem mit der Brünetten später schon irgendwie lösen werde. Die Aggression richtet sich entweder gegen die fremde Schönheit, die mich derart aus der Ruhe bringt, soll sie brennen, die Hexe. Oder, zivilisierter, sie richtet sich gegen mich selbst und versetzt mich in eine zunächst unerklärliche Depression: Irgend etwas ist verkehrt gelaufen mit meinem Leben. Weil der Wunsch nach der Blondine nicht erlebt und durch Trauerarbeit und Verzicht erledigt werden kann, ist plötzlich auch meine dunkelhaarige Frau nicht mehr attraktiv, das Leben ist eine Last, der Selbstmord wäre dann die beste Lösung.

7b Feuer und Wasser

Die Probe der Elemente gehört in das symbolische Umfeld des Geist-Archetypus.[76] Die reinigende Prüfung und prüfende Reinigung durch Feuer und Wasser resümieren die Auseinandersetzung mit dem Archetypus des alten Weisen, wobei der feurige Aspekt die Inspiration (die Flammenzungen des „heiligen Geistes") durch das Numinose, aber auch den Schauer vor ihm symbolisiert, der wässrige hingegen die reinigende, aber auch auflösende Qualität, den dunklen Seelengrund, aus dem die Bilder des Unbewußten auftauchen.

---

[76] C. G. Jung 1957, S. 25, 28, 33 für das Wasser, S. 110 für das Feuer.

8. Unendlicher Individuationsprozeß: Goethes Fortsetzung

Das Ziel der seelischen Entwicklung, die Individuation, kann nicht für immer erreicht werden. Wir können ihm nur näherkommen. Die Antinomien des Lebens, die sich in den Gegensätzen der Archetypen wiederholen, sind nicht lösbar wie eine algebraische Gleichung. Solange der einzelne lebt, stellt ihm die Auseinandersetzung mit dem Unbewußten vor immer neue Probleme. Daraus ergeben sich auch psychologische Folgerungen für eine Analyse der Fortsetzungen der Zauberflöte, von denen wir hier die wichtigste untersuchen wollen.

In einem Fragment „Der Zauberflöte zweiter Teil", der nicht über einen nur in einzelnen Arien und Rezitativen ausgeführten Entwurf hinausgeht, greift Goethe genau den Punkt auf, an dem unter dem Gesichtspunkt eines verschlüsselten Individuationsprozesses die Darstellung Schikaneders einen Schwachpunkt hat: die mißlungene Integration der inferioren Funktion (in Gestalt Papagenos) in das Ich und die fortwirkende Aktivität der negativen Aspekte des Geistes und der Anima.

Aufgrund der erhaltenen Teile von Goethes Fortsetzung ergibt sich folgendes Bild[77]: Während Tamino und Pamina vereint über ihr Reich herrschen, hat sich Sarastro auf eine heilige Pilgerschaft begeben. Die Königin der Nacht sinnt immer noch auf Rache; Monostatos, der jetzt sie und nicht mehr Pamina gewinnen möchte, ist ihr williges Werkzeug. Die Königin gibt ihm ein goldenes Kästchen, mit dem er sich in den Palast schleicht, während Pamina der Geburt ihres ersten Kindes entgegensieht. Aus dem geöffneten Kästchen dringt eine Finster-

---

[77] J. W. Goethe, Der Zauberflöte zweiter Theil, Fragment, in Goethes sämmtliche Werke, Vollst. Ausg. in zehn Bänden, Bd. II, S. 514f., Stuttgart 1885. Der Herausgeber, K. Goedecke, bemerkt: „Den zweiten Teil der Zauberflöte, mit älteren Liedern, entschuldigt Goethe gegen Schiller sehr kleinlaut mit äußerlichen Rücksichten. Ohne die Schikanedersche Zauberflöte zu kennen, vermag man sich in diese Dichtung nicht zu finden; jene kennt zwar jeder wegen der Musik Mozarts, aber eines solchen Vortheils hat sich die Fortsetzung nicht zu erfreuen gehabt." (a. a. O. S. XX).

nis, die soviel Schrecken und Verwirrung verbreitet, daß Monostatos den Neugeborenen entführen kann, ehe der Vater das Kind sieht. Monostatos schließt das Kind in dem goldenen Kasten ein, dieser jedoch wird immer schwerer, sinkt in die Tiefe, einem Zauber des fernen Sarastro folgend. Monostatos kann ihn nur noch mit dem Siegel der Königin verschließen, das niemand erbrechen kann.

In einem parallel laufenden Teil der Erzählung befaßt sich Goethe mit Papageno und Papagena, die verdrießlich beisammen sitzen und ihre Kinderlosigkeit beklagen, dann aber, von einem magischen Chor geleitet, nach der Jagd in ihrer Hütte drei riesige Eier finden. (Regieanweisung Goethes: „Der Dichter muß sorgen, daß die bei dieser Gelegenheit vorfallenden Späße innerhalb der Gränzen der Schicklichkeit bleiben.")[78] Sarastro leitet die Vogelmenschen nun an, ein Nest zu bauen und darin zwei Jungen und ein Mädchen auszubrüten.

Pamina und Tamino durchwandern ein zweites Mal die Elemente. Sie dringen zu dem von Bewaffneten und Löwen bewachten Altar vor, auf dem das in die Tiefe gesunkene Kästchen liegt. Sie flehen die Wächter an, ihnen den Zugang zu ihrem Kind nicht zu verwehren, und hören aus dem Kästchen zum ersten Mal die Stimme des Sohns. Die nächtliche Königin erscheint, um die Wächter zu unerbittlicher Aufmerksamkeit zu mahnen. Doch der Knabe öffnet von innen das goldene Gefängnis und entweicht als Genius. Die Szene erinnert an die zwanzig Jahre später zu Ende geführte Euphorion-Szene im Faust II:

„Chor: Nur ruhig! Es schläfet
          Der Knabe nicht mehr,
          Er fürchtet die Löwen
          Und Speere nicht sehr,
          Ihn halten die Grüfte
          Nicht lange mehr auf;
          Er dringt in die Lüfte
          Mit geistigem Lauf.

---

[78] Goethe a.a.O., S. 525.

Genius: Hier bin ich, ihr Lieben
Und bin ich nicht schön?
Wer wird sich betrüben
Sein Söhnchen zu sehn.
In Nächten geboren
In herrlichem Haus,
Und wieder verloren
In Nächten und Graus.
Es drohen die Speere,
Die grimmigen Rachen,
Und drohen mir Heere
Und drohen mir Drachen
Sie haben doch alle
Dem Knaben nichts an."

„In dem Augenblick", sagt die Bühnenanweisung, „als die Wächter nach dem Genius mit den Spießen stoßen, fliegt er davon." So endet Goethes ausgeführter Text; es ist jedoch bekannt, daß der entflohene Genius mit Hilfe der parallel erbrüteten Tochter Papagenas, eines anmutigen Naturkindes, auf die Erde zu seinen Eltern zurückgebracht werden sollte.

Es scheint, daß Goethe von Schikaneders Buch so fasziniert war, daß er, ohne genau zu wissen warum und merkwürdig verlegen, die Bilderwelt der Zauberflöte weiterentwickelte. Daß er das in einer Weise tat, die verblüffend an die archetypische Symbolik anklingt, die Jung in Märchen, aber auch in alchemistischen Texten nachgewiesen hat, scheint zu bestätigen, daß es Grundmuster gibt, in denen sich unsere Psyche mit ihrem inneren Schicksal auseinandersetzt. Interessant ist zunächst der Zeitpunkt, an dem die nicht integrierten Aspekte von Anima, altem Weisen und inferiorer Funktion sich wieder bemerkbar machen und es ihnen gelingt, erneut in das Lichtreich einzubrechen.

Der „lang ersehnte erste Sohn" soll aus der Ehe hervorgehen, das heißt: eine neue, höhere Integrationsstufe soll erreicht werden. Dazu ist es aber unerläßlich, sich erneut mit dem „Schatten" und dem kollektiven Unbewußten auseinanderzusetzen.

Wieder erscheint der Zugewinn an Bewußtsein als „Schatz",
aber dieser Schatz ist zunächst von erschreckendem, ersticken-
dem Dunkel umgeben. Die erneute Konfrontation mit den ab-
gelehnten Aspekten der Archetypen des Geistes[79] und der
Anima überschwemmt das Bewußtsein. Es kann die neuen Inhalte so rasch nicht verarbeiten und ordnen. Monostatos:

> „Die Finsternis entströmt, umhüllet alles Leben,
> Ein jeder tappt und schwankt und träumt."

So können die Eltern des intendierten Schrittes nicht froh werden.

> „Die Mutter hat des Anblicks nicht genossen,
> Der Vater sah noch nicht das holde Kind,
> Mit Feuerhand ergreif ich es geschwind,
> In jenen goldnen Sarg wird es sogleich verschlossen –
> Und immer finstrer wird die Nacht,
> In der wir ganz allein mit Tigeraugen sehn."

Der Weg zum Selbst, dem Ziel der Individuation, „ist zunächst
chaotisch und unabsehbar, und nur allmählich mehren sich die
Anzeichen einer Zielgerichtetheit. Der Weg ist nicht geradli-
nig, sondern anscheinend zyklisch. Genauere Kenntnis hat ihn
als spiralig erwiesen."[80] Wieder müssen die Kräfte für eine geistige Verarbeitung angespannt werden, wieder ist es notwendig, die Prüfungen des alten Weisen, die Feuer- und Wasser-
probe zu bestehen. Auch dann ist das Selbst noch kein sicherer
Besitz, sondern ein Genius, der die Flüchtigkeit der ersten,
scheinbar so glücklichen Endsituation von Schikaneders Buch
spiegelt: dem Unbewußten entronnen, von den negativen
Mächten nicht mehr festgehalten, aber dem Bewußtsein noch
nicht stabil verfügbar.

---

[79] Goethe, a.a.O., S. 517: Seinem „unverwandtem, klugen Sinn" schreibt
Monostatos das Gelingen seiner raffinierten Entführung zu; aus dem täppischen Sklaven ist ein Intrigant geworden, der jetzt die Königin begehrt,
nicht mehr nur ihre Tochter.
[80] C. G. Jung, 1957, S. 81.

Erst durch die vierte, bisher am wenigsten differenzierte Funktion gelingt es, das Selbst festzuhalten. Gleichzeitig wird ein bisher noch nicht bewußter Aspekt der Anima integriert („Papagenos Tochter"). Konkreter gesagt: Am Ende der Zauberflöte Schikaneders ist das Ziel einer symbiotisch getönten Verliebtheit erreicht: das happy end, romantisch und trivial. Papageno und Papagena, Tamino und Pamina haben sich gefunden, aber sie haben noch nicht die Mühen der Triangulierung, des Hinzukommens eines dritten Elements bewältigt. Dies ist für den weiteren Reifungsprozeß notwendig.

Um Elternschaft annehmen zu können, muß der Ausschließlichkeitscharakter der Zweierbeziehung gemildert und erweitert werden. Pamina hat gelernt zu ertragen, daß ihre Mutter nicht alles weiß und ist, daß ihr Geliebter die Macht der Priester höher setzt als die Macht der Gefühle. Dennoch konnte sie sich liebevoll Tamino zuwenden. Aber ist dadurch der Impuls der Anima wirklich erledigt? Muß unter diesen Umständen die nächtliche Königin, die dunkle Seite der Anima, nicht Macht behalten? Das spiegelt auch das Schicksal von Papageno und Papagena in Goethes Fragment. Die beiden sind stehen geblieben, ja sie haben sich zurückentwickelt und konnten nicht zu einer reifen Beziehung finden. Die gewünschten Kinderlein sind ausgeblieben, die beiden sitzen mürrisch herum, es braucht wieder den Archetypus des Geistes, der ein Wunder tut. Die Eier, die beide „zufällig" in ihrer Hütte finden, symbolisieren wiederum den Urzustand, in dem Bewußtsein und Unbewußtes nicht geschieden sind, ähnlich der Schlange.

Diese erneute Steigerung der Unbewußtheit und Abhängigkeit im Bereich der inferioren Funktion hat aber auch eine hoffnungsvolle, dynamische Qualität. Denn die inferiore Funktion ist, wie Jung in der Einleitung zu „Psychologie und Alchemie" sagt, „mit dem kollektiven Unbewußten dermaßen kontaminiert, daß sie beim Bewußtwerden neben anderen auch den Archetypus des Selbst mit sich bringt"[81].

---

[81] C .G. Jung, Psychologie und Alchemie, Zürich 1950, zit. n. 1957, S. 79.

Das Selbst ist das Ziel des Individuationsprozesses, der Archetypus der Einheit und Ganzheit, in dem die im Bewußtsein notwendig getrennten Gegensätz sich vereinigen und berühren. Wer das Selbst gewonnen hat, gewinnt auch einen inneren Frieden, der weit über das hinausgeht, was als „seelische Normalität" gilt. Neben Buddha erklärt Jung dabei Christus für das „am höchsten entwickelte und differenzierte Symbol des Selbst." [82]

Goethe freilich ist mit dieser Selbst-Symbolik vorwiegend ironisch umgegangen. Auch in Faust, Teil II, dessen Homunkulus- und Euphorion-Szenen an seine Pläne zur Fortsetzung der Zauberflöte erinnern, ist die Frucht der mystischen Hochzeit flüchtig und nicht festzuhalten. Das hängt vielleicht mit Goethes Wendung der transzendenten Bindungen ins diesseitig-pantheistische zusammen.

---

[82] C. G. Jung, 1957, S. 71.

Teil III

Eine psychoanalytische Deutung
der Zauberflöte

In der hier entwickelten Interpretation der Zauberflöte im Sinn
der komplexen Psychologie C. G. Jungs entsprechen die einzelnen handelnden Figuren unbewußten Archetypen, die eine see-
lisch-geistige Grundausrüstung des Menschen spiegeln und in
gewisser Hinsicht auf eine psychologische Ebene transponierte
Instinkte sind. Das Vorgehen wird auch „Deutung auf der Subjektstufe" genannt: Jeder einzelne Motivteil eines Traums, eines Märchens, eines Mysterienspiels, eines alchemistischen
Textes drückt eine Komponente des seelischen Ganzen aus.

Die traum- und mythenbildende Phantasie gleicht dem viel-
linsigen Gerät in der Mitte des Planetariums, das zahlreich Bilder aus seinem Inneren an einen künstlichen Himmel wirft,
von wo aus sie dann dem Betrachter entgegenleuchten. Die Archetypen werden projiziert und treten als handelnde Figuren in
einem inneren Drama auf, das sich in einer scheinbaren Realität abspielt.

Romanautoren, die über ihren Schreibprozeß berichten, erzählen sehr häufig, daß ihre Figuren ein Eigenleben entwickeln
und sich, wie einer rätselhaften Gesetzmäßigkeit folgend, in
ihren Schicksalen entfalten, ohne daß der Schriftsteller noch
glauben mag, er sei es, der dies alles erdichtet. So ähnlich verknüpfen die Archetypen des kollektiven Unbewußten einen
reichen Speicher äußerer kultureller Traditionen und innerer,
noch weitgehend inhaltsloser und doch dynamisch wirkender
Kräfte. Jeder Mensch, der Märchen hört, an religiösen Riten
teilnimmt, ja der nur die Sternbilder betrachtet und ihre ehr-
würdigen Namen in den Stoff seiner eigenen Einfälle kleidet,
partizipiert an einem archetypischen Prozeß, in dem teilweise
vorgeformte innere und äußere Strukturen aufeinander wir-

ken. Die Beschreibung solcher Archetypen steht zwischen Poesie und Wissenschaft: Poetisch ist sie, weil in ihr der Ursinn der Poesie, die Wirkung durch Sprache auf einen oder mehrere Menschen, noch präsent ist; wissenschaftlich, weil diese Wirkungen systematisch erforscht, weil Beobachtungen geordnet und Thesen klinisch überprüft werden.

Die Qualität dieser Wissenschaft ist historisch, nicht positivistisch; Kausalbehauptungen sind in ihr wissenslogisch nicht aufrechtzuerhalten. „Meine Anima hat mich mit Asthma geschlagen", ist ein poetisch sinnvoller Satz; „der Anima-Archetypus des Patienten hat dessen Asthma verursacht", scheint ein wissenschaftlich unsinniger Satz. Allerdings ist die Verführung für Psychotherapeuten immer groß gewesen (und Jung hat ihr nicht widerstanden), das im 19. Jahrhundert angewachsene Prestige der Naturwissenschaft in der Medizin auch auf ihre Theorie und Praxis der Behandlung seelischer Leiden zu übertragen.

Mythenbildung und kindliche Phantasie

Die Freudsche Psychoanalyse hat einen anderen Zugang zu Märchen und Mythen eröffnet. Ihr geht es um die Phantasien, mit denen das Kind seine Elternbeziehung verarbeitet. Diese können im späteren Leben, auch wenn sie nicht mehr erinnert werden, doch große Wirkungen entfalten. Der Neurotiker leidet an Reminiszenzen; er ist unfähig, sich ihrem prägenden Einfluß zu entziehen und sich der Realität zuzuwenden, ohne sich in seinen Wünschen und in seiner Kränkbarkeit immer wieder an Kindheitsphantasien zu erinnern und aus dieser unbewußten, jedoch verhaltensbestimmenden Erinnerung heraus auch zu handeln. Mit solchen Prozessen sucht die Psychoanalyse zu erklären, weshalb es Menschen gibt, die alle ihre Wohltäter nach einigen Jahren verraten, warum sich andere stets in der Wahl ihrer Partner so zu irren scheinen, daß nach kurzer Zeit aus dem besten und liebsten Menschen der Welt ein wahrer Teufel oder eine Hexe geworden ist. Während die Deutung auf der Subjektstufe in den handelnden Personen des Märchens Seelenteile, Archetypen erkennt, beläßt ihnen die psychoanalytische Deutung auf der Objektstufe[83] ihre personale Quali-

---

[83] In der Psychoanalyse steht „Objekt" für „Objekt der Libido", d. h. für die Frauen und Männer, zu denen das Subjekt im Verlauf der seelischen Entwicklungen Beziehungen aufnimmt. Die Mutter ist in der Regel das „primäre Objekt" der Libido. „Objektkonstanz" betrifft die innerseelische Struktur, die durch eine reife Objektbeziehung aufgebaut wird und den Partner stabil erscheinen läßt. Es ist klar, wo ihm z. B. Vertrauen gebührt, wo Mißtrauen; wo er geliebt wird und wo gehaßt („Ambivalenztoleranz"). Labile Objektbeziehungen beruhen darauf, daß es kein solches „ganzes" Objekt gibt, sondern nur Teilobjekte, z. B. die Muttermilch, die Mutterbrust, die abwechselnd als ideal gut oder total giftig und böse phantasiert werden.

tät, verbindet ihre Interaktionen und ihre Symbole aber mit typischen infantilen Phantasien.

Diese kindlichen Phantasien bestimmen nach dem psychoanalytischen Modell auch die mythenbildende Phantasie. Ihre Produktionen sind verkappte Wunscherfüllungen: Eben weil der kleine Junge die Mutter begehrt und den Vater erschlagen will, ist der Ödipus-Mythos erfunden worden.[84]

Allerdings wird die Wunscherfüllungstheorie dadurch kompliziert, daß es auch Träume (und Mythen, Märchen usw.) gibt, welche nicht der Wunscherfüllung der triebhaften, sondern auch der strafenden oder zensierenden Persönlichkeitsanteile dienen. In diesen Fällen, die sich z. B. bei den bekannten Angstträumen beobachten lassen, liegt der für das Ich wunscherfüllende Aspekt nicht im Traum, sondern im Erwachen, ähnlich wie der Besucher eines Gruselfilms erleichtert aus dem Kino in die dunklen Straßen der Großstadt tritt, die ihm nun heimelig und entspannend erscheinen. Der häufige Angsttraum, in dem der Träumer noch einmal sein Abitur bestehen soll, tritt nach dieser Auffassung besonders häufig vor krisenhaften Schwellensituationen auf und enthält letztlich eine tröstliche Botschaft: Du träumst jetzt, daß du etwas nichts kannst, was du längst bewältigt hast; wenn du aufwachst, wirst du sehen, es ist geschafft, und so wirst du auch erledigen, was dich tagsüber geängstigt hat.

Wegen ihrer starken biographischen Orientierung und dem Fehlen einer Systematik des Unbewußten, die der Archetypenlehre vergleichbar ist, geht die psychoanalytische Mythendeutung von wenigen Vorformulierungen aus. Das liegt auch daran, daß die Psychoanalyse sich stärker an den Einfällen des Träumers orientiert. Der Freudsche Analytiker soll möglichst

---

[84] Karl Abraham sagt ausdrücklich: „Der Ursprung der Mythen darf nicht auf ethische, religiöse oder philosophische Ideen zurückgeführt werden, sondern entspringt den sexuellen Phantasien der Menschheit. Vgl. Karl Abraham, Clinical Papers and Essays on Psycho-Analysis, London 1955, S. 205 sowie Otto Rank, Das Inzest-Motiv in Dichtung und Sage, Leipzig 1912.

dicht am Einfallsmaterial der Sitzung bleiben, während der Jungsche Analytiker angehalten ist, durchaus eigene Einfälle zu historischen oder mythologischen Hintergründen beizusteuern (Amplifikation).

Was erschließt die psychoanalytische Deutung? Deckt sie einen speziellen Bereich ab? Sie konfrontiert uns am meisten mit der Macht der Sexualität – das hat zu Freuds Zeit sicher revolutionärer gewirkt als heute, wo jeder kommerzielle Fernsehkanal sein Sexmagazin auf den Bildschirm schickt und lustfrohe Moderatorinnen mit immer gleich quietschendem Optimismus zu Selbstbefreiung und Spaßhaberei ermuntern. Vielleicht wesentlicher ist, daß die Psychoanalyse Kinder in einer Weise ernst nimmt und beobachtet, die es vor ihr nicht gegeben hat. Ein Kind ist es, das in Andersens Märchen von des Kaisers neuen Kleidern seine unbefangene Orientierung behält und mit dem Ausruf: „Der Kaiser ist nackt!" den Lügenschleier zerreißt. Diese Orientierung an der genauen Beobachtung von Kindern und von kindlichen Relikten im Verhalten der Erwachsenen, an der Realität von Triebhaftigkeit, von Wut und Lust ist vielleicht eine Hilfe, den Kontakt zum Boden, die Erdung nicht zu verlieren.

Der Ödipuskomplex in der Zauberflöte

Das Rätsel der Zauberflöte hängt eng damit zusammen, daß sich während der Handlung der Charakter der beiden Elternfiguren – der Königin der Nacht und Sarastros – verändert. Die liebevolle Mutter, deren Dienerinnen den „Sohn" („Oh zittre nicht, mein lieber Sohn!") von der bösen Schlange erretten und ihm das liebliche Bild überbringen, verwandelt sich in einen finsteren Rachedämon; der „mächtige böse Dämon" hingegen in einen liebevollen Vater. Diese Veränderung ist so extrem, wie wir sie von Spaltungsprozessen her kennen.

Die Spaltung ist ein vor allem von der Freud-Schülerin Melanie Klein entwickelter Begriff, der dazu dient, Beobachtungen an Kindern und an narzißtisch gestörten Erwachsenen zu erklären. Das kleine Kind ist nicht in der Lage, von ihm als gute oder böse erlebte Aspekte der Mutter miteinander zu verknüpfen. Es kann zum Beispiel zornig zur Mutter sagen: „Geh weg, du blöde Kuh" und gleichzeitig untröstlich weinen, weil die Mutter dann weggeht. Denn nicht die Mutter soll weggehen, sondern nur ihr böser Aspekt verschwinden. In Extremfällen kann es sogar geschehen, daß ein Kind, das von der eigenen Mutter geschlagen wird, eben diese Mutter um Hilfe und Schutz herbeirufen möchte.

Erwachsene sind vor solchen Verhaltensweisen nur scheinbar durch ihre Einsicht in die Tatsache geschützt, daß ihre Liebespartner immer „gute" und „schlechte" Seiten haben. In der therapeutischen Praxis und in der Eheberatung begegnet man nicht selten Menschen, die in einer Weise über ihren Partner sprechen, daß es geradezu ein Wunder scheint, daß sie sich nicht längst von diesem Scheusal getrennt haben. In anderen Fällen begegnet man Personen, die nach einer Trennung todunglücklich sind, bis hin zur Suizidalität, weil sie erst jetzt realisieren, daß sie nicht nur die „bösen", sondern auch die „guten" Seiten des Partners verloren haben. Ökologisch denkende Psychoanalytiker haben darauf hingewiesen, daß sehr viele Veränderungen in der Konsumgesellschaft von Spaltungsprozessen begleitet sind: Neuerungen, die unser Grundwasser vergiften oder die Wälder sterben lassen, werden erst als Segen des Fortschritts erlebt, während der Fluch an ihnen erst erheblich später und unter großen Widerständen bewußt wird.[85]

Die Wandlung der Personen in der Zauberflöte kann als Hinweis darauf interpretiert werden, mit solchen Spaltungen zu rechnen. Die Grundthematik der radikalen Veränderung der Elternbilder führt aber in die ambivalente (aus Haß und Liebe gemischte) Welt der ödipalen Beziehungen. Das Singspiel schildert die Verwandlung im Bewußtsein des Knaben vor und nach der Bewältigung des Ödipuskomplexes. Taminos Flucht vor der Schlange hängt mit der Angst des Kindes vor dem als übermächtig phantasierten Penis des Vaters zusammen. Die Königin der Nacht hingegen ist die heimlich begehrte Mutter; daß sie sogleich den „lieben Sohn" (II, 3) auffordert, sie an Sarastro zu rächen, enthält ebenfalls eine unbewußte Wunscherfüllung.

Der Knabe sehnt sich danach, die Mutter zur Komplizin des eigenen Vaterhasses zu machen. In der Bildnis-Arie des Tamino wird die ödipale Fixierung an die Mutter noch einmal deutlich. Sie wird ja während der Neubelebung sexueller Wünsche nach der Latenzperiode in der späteren Kindheit nicht als ältere Frau geliebt, sondern als das „Bild", welches sie in der ersten Kindheit war. Psychoanalysen zeigen, wie oft die scheinbar schicksalsmäßige „Liebe auf den ersten Blick" eine Liebe auf den zweiten Blick ist, denn der erste galt der noch jugendlichen Mutter, deren Faszinosum unter dem Eindruck der Kastra-

[85] Vgl. Wolfgang Schmidbauer, Jetzt haben, später zahlen. Die seelischen Folgen der Konsumgesellschaft. Reinbek 1995.

tionsangst („der mächtigen Schlange zum Opfer erkoren") preisgegeben werden muß.

Die Gleichsetzung von Schlange und Phallus ist der analytischen Symbollehre geläufig. Die Tötung der Schlange enthält wieder das Kastrationsmotiv: Der Knabe fürchtet nicht nur das mächtige, bedrohliche Glied des Vaters, sondern er will dieses auch haben, er wünscht ihm die Kastration, deren Opfer er selbst zu werden fürchtet. Die imaginäre Erfüllung solcher infantilen Phantasien sieht der Freud-Schüler Karl Abraham in den griechischen Mythen von der Kastration des Uranos durch Kronos und später des Kronos durch Zeus.

Auch Papageno, der „Menschenvogel", stellt unter dem Blick der psychoanalytischen Sexualsymbolik den Penis dar. Er ist unberechenbar, bläht sich auf, schrumpft ängstlich zusammen. Mit sicherem Instinkt findet er Pamina zuerst, besteht aber keine der Prüfungen. Papagenos theatralischer Ahne ist Hans Wurst, ein anderer personifizierter Phallus. Wir sehen, daß auch das freudianische Deutungsmodell den scheinbaren Bruch zwischen dem ersten und dem zweiten Teil der Zauberflöte als treffende Beschreibung unbewußter Prozesse auffassen läßt. Das Rätsel ist gelöst, wenn wir den ödipalen Konflikt (Teil I) und seine Lösung (Teil II) zugrundelegen. Im ersten Teil wird die kindliche Triebhaftigkeit dargestellt: Das Kind will die Mutter ganz für sich haben, der Vater soll kastriert werden, soll sterben, die begehrenswerte Mutter soll ihm weggenommen werden.

In der Lösung des Ödipuskomplexes aber findet der Knabe im Vater nicht mehr den gehaßten Konkurrenten um die Gunst der Mutter, sondern ein Vorbild, einen Mann, mit dem er sich identifiziert, um der gefährlichen inzestuösen Wünsche Herr zu werden und eine Befriedigung auf einem gereifteren Niveau zu erreichen. Deshalb muß sich das gesamte Verhältnis zu Frauen verändern: Von der mächtigen, anbetungswürdigen, gnadenreichen Königin des ersten Teils wird die Mutter zur teuflischen Verführerin des zweiten Teils. Tamino darf nicht mit Frauen sprechen, er muß selbst die geliebte Pamina vor den Kopf stoßen, um seine Vater-Identifizierung aufzubauen, ganz ähnlich, wie es eine Entwicklungsforderung an den Mann ist, die „Desidentifizierung" gegenüber der Mutter zu vollziehen.[86]

---

[86] Vgl. Ralph Greenson, Psychoanalytische Erkundungen, Stuttgart 1984 und Wolfgang Schmidbauer, „Du verstehst mich nicht", Die Semantik der Geschlechter, Reinbek 1991.

Aus Monostatos wird Sarastro

Im Verlauf der Abwendung vom inneren Mutterbild und dem Aufbau der Vateridentifzierung wandelt sich der Vater vom negativ erlebten, räuberisch-lüsternen Gefängniswärter der Mutter (dem Monostatos) zum positiven Exponenten einer höheren Macht, attraktiv auch dadurch, daß der Sohn an dieser Macht teilzuhaben hofft (Sarastro und der priesterliche Männerbund). Prahlerisch-abschätziges Gerede über Frauen („Ein Weib tut wenig, plaudert viel"; „Ein Mann muß Eure Schritte leiten, denn ohne ihn pflegt jedes Weib aus seinem Wirkungskreis zu schreiten") gehört zu den Begleiterscheinungen dieses Wechsels der Identifizierungen in der männlichen Entwicklung.

Gelingt dieser Wechsel, dann kann die Ablösung der Libido von der Mutter vollzogen werden. Eine reife Bindung an eine andere Frau ist möglich. Die abgespaltene und tabuisierte Sexualität kann befriedigt werden (Papageno/Papagena). Die frühen, inzestuösen Phantasien werden verdrängt, sie verschwinden, wie Monostatos und die Königin, in der Versenkung.

Auch in der psychoanalytischen Sicht ist Goethes Fortsetzungsidee logisch: Die Geburt eines Kindes erweckt die alten ödipalen Einstellungen. Die gute Vaterimago kann nicht leicht gewonnen werden (Sarastro ist „auf Pilgerschaft"), weil der Mann im Vaterwerden fürchtet, seine Frau an den Sohn zu verlieren. Schließlich hat er selbst in seinen ödipalen Phantasien gewünscht und gefürchtet, den Platz des Vaters einzunehmen. So kommt es, daß Monostatos – der böse, die Mutter in Beschlag nehmende Vater – noch vor Tamino Hand an das Neugeborne legt. Der Vater begegnet in der Beziehung zu seinem Sohn erneut den eigenen ödipalen Wünschen und Ängsten.

In den Prüfungen des Weisheitstempels sehen wir ein Symbol des Verzichts auf unmittelbare Bedürfnisbefriedigung, eine energische Aufforderung zur Sublimierung, die ironisch-gebrochen und damit auch sehr realitätsgerecht dargestellt wird. Die Handlung verdeutlicht, wie unmöglich es ist, alle Triebe auf Dauer zu bändigen und auf eine höhere Stufe zu heben. Papageno steht für Es-Qualitäten, die den Sublimierungsanstrengungen trotzen und auf einer unmittelbaren Triebbefriedigung bestehen. Solche ambivalenten Einstellungen zu Sublimierungsforderungen sind uns aus der Psychotherapie vertraut.

Teil IV

Lösungen und Deutungen

Die analytische Deutung ist eng mit einem zentralen Element der menschlichen Existenz verbunden: der Sehnsucht nach Wahrheit. Diese Sehnsucht ist in vielen Fällen unerfüllbar, aber auch in diesen ist, wie es die Denker aller Zeiten betont haben, eine Bewegung möglich: etwas weniger Dunkelheit, etwas mehr Licht, bescheidene Ziele neben dem großen Ideal der Erleuchtung, an dessen Realität uns aber eben unser Bemühen um Wahrheit auch zweifeln läßt. Jede einzelne Deutung strebt danach, diesem Ziel einen Schritt näher zu kommen. Ob ihr das gelingt und sie nicht in Wahrheit sich davon wieder weiter entfernt, das ist die zentrale wissenschaftliche Frage, unter der die primär künstlerisch entworfene Deutung geprüft werden muß.

In diesem Sinn kann auch unser auf den ersten Blick relativierend wirkendes Nebeneinanderstellen unterschiedlicher Deutungen aufgefaßt werden. Vielleicht hilft es zu begreifen, daß Geduld und Sammlung bessere Helfer in der Erkenntnis existentieller Fragen sind als schnelles Urteil, daß verwirft, was nicht jedem Zweifel, jeder Kritik standhält. Die Deutung ist vor allem eine Bewegung hin zu einer Wahrheit; als Bewegung kann sie nie ganz abstreifen, daß sie einen Beweggrund, ein Motiv hat, in der Regel ein Interesse des Deuters, der etwas besser verstehen will.

Was heißt „besser verstehen"? Befremdliches löst im entspannten Bereich von Lektüre oder Theaterbesuch eine eher angenehm erlebte Spannung aus. In diesem entlasteten Feld führt bereits die Belehrung über historische Hintergründe, unterliegende Naturgesetze oder Analogien aus anderen Wissensgebieten zu dem angenehmen Empfinden, „jetzt verstehe ich!"

Es gibt aber gerade in der Psychotherapie auch Felder, in denen dieser Wunsch zu verstehen mit großer Spannung vorgetragen wird, in denen es buchstäblich lebenswichtig sein kann zu verstehen. Die Patientin, die erkennt, daß sie immer dann an Migräne erkrankt, wenn sie es wider ihren Willen allen Kolleginnen recht machen möchte, der Angestellte mit dem blutenden Magengeschwür, der jede Auseinandersetzung mit seinem Vorgesetzten meidet, entdeckten durch eine Deutung einen Weg, der sie von ihren Symptomen befreit. Denn er wandelt das bisher unverständliche Zeichen in das Signal einer nun begreiflichen psychosomatischen Überforderung um, an deren Bedingungen sich durchaus etwas ändern läßt.

Daß Psychotherapeuten solche Deutungserlebnisse und (gelegentlich) Erfolge haben, macht sie vielleicht übermütig, wenn es darum geht, in dem entspannten Gebiet der Literatur und Mythologie zu operieren. Diesem Übermut ein wenig entgegenzusteuern, ist eine der Absichten der bisherigen und auch der folgenden Ausführungen. Gerade weil die einfachen therapeutischen Wahrheiten manchmal existentiell so nützlich sind, gerät der Therapeut in Gefahr, existentielle Fragen zu vereinfachen und gewissermaßen alles, was sich nicht wehren kann, seiner Theorie einzuverleiben, ohne zu bemerken, daß er auf diese Weise seine Glaubwürdigkeit einbüßen könnte.

Über die Motive der Therapeuten, in solcher Weise Eroberungszüge in fremde Wissensgebiete zu veranstalten und die gesammelten Trophäen mit ihrem Vokabular aufzuspießen, wie es Sammler mit Schmetterlingen tun, lassen sich ebenfalls Deutungen ersinnen. Geht es um Ehrgeiz? Oder darum, die Unsicherheit zu mildern, die sich in Therapien so oft einstellt, wenn die Deutungen das Verhalten nicht ändern können (die migränekranke Frau etwa zwar erkennt, daß ihre Migräne mit ihrer falschen Friedfertigkeit zusammenhängt, sich aber über Jahre hin außerstande sieht, an dieser Friedfertigkeit zu rütteln).

Wahrscheinlich ist es gar nicht möglich, alle Deutungsbewegungen unter ein Prinzip zu fassen. Es gibt Eroberungsdeutungen; die Frühzeit der Psychoanalyse mit den ersten Jahrgängen der Zeitschrift „Imago" bietet hier ebenso Anschauungsmaterial wie der streckenweise martialische Ton im Briefwechsel zwischen Freud und Jung. Aber es gibt auch Einverleibungsdeutungen, es gibt Deutungen, die eine liebevolle Beschäftigung mit ihrem Gegenstand ausdrücken und viele andere mehr. Ich will jetzt mit der Analyse einer aggressiven Deutung fortfahren, denn die Tatsache, daß Deutungen immer auch einen aggressiven Aspekt haben, wird vielleicht am leichtesten übersehen.

Nach einer griechischen Anekdote biß Alkibiades, als er in einem Ringkampf zu unterliegen drohte, seinen Gegner so kräftig, daß dieser losließ und schrie: „Du kämpfst wie ein Weib!" „Nein, wie ein Löwe", entgegnete Alkibiades.

Seine Antwort belegt eine elementare Form von Deutung. Durch einen zweiten Begriff, der zu einem ersten in ein Spannungsverhältnis tritt, wird eine Situation neu bewertet.

Der Löwe ist ein königliches Tier. Ihm darf niemand unterstellen, daß er aus Not zu unfairen Mitteln greift. Zu beißen ist seine Natur, ein Ausdruck seiner unbezwinglichen Macht. Indem sich Alkibiades mit dem Löwen vergleicht, macht er aus seinem Notbehelf eine Stärke und besiegt den Gegner durch eine neue Form oraler Aggression – Schlagfertigkeit mit Worten – ein zweites Mal. Die von ihm gegebene Deutung seiner Tat setzt diese mit anderen Mitteln fort. Wir erkennen in diesem Handeln wie in seiner Deutung etwas Drittes: schrankenlosen Ehrgeiz, heftige Angst, nicht zu siegen, Wahllosigkeit der Mittel, wenn er in Bedrängnis ist, Schlagfertigkeit und Kampfgeist. Wenn wir so argumentieren, haben wir Alkibiades' Deutung, wie ein Löwe, nicht wie ein Weib zu beißen, noch einmal gedeutet.

Deutungen hängen also mit einem Widerspruch zusammen. Alkibiades widerspricht durch seine Deutung seinem Gegner. Wir müßten vielleicht seinen Widerspruch erwarten. Der Grieche würde unsere Deutung seiner Rücksichtslosigkeit und seines Ehrgeizes ablehnen: Was da aus seiner unschuldigen Bemerkung gemacht wird!

Deutungen spielen sich an Grenzen zwischen semantischen Feldern ab. Sie versuchen zu erfassen, was sich in einem anderen Feld bewegt, aber ohne den Deutungskunstgriff nicht genügend gut eingeordnet werden kann. Alkibiades kann nicht einordnen, daß er ein Weib sein soll, denn er bewegt sich in einem sozialen Feld, wo Weiber verächtlicher sind als Männer, wenn es um Kampf geht. In diesem Feld ist Aggression den Männern vorbehalten. Frauen werden geschmäht, wenn sie sich mit den Mitteln der an Kraft Unterlegenen durchsetzen.

Aus diesem Gründen ist es auch unmöglich, bei zwei konkurrierenden Deutungen – beißt Alkibiades wie ein Weib oder wie ein Löwe? – zu entscheiden, welche nun „wirklich" gilt. Jede der beiden Deutungen drückt Interessen aus, die ihrerseits durch Deutungen erkennbar gemacht werden müssen; immer hat auch der Deutende Interessen, die er möglicherweise als objektiv tarnen will: Der Vergleich Weib/Löwe, mit dem die Gegner des Ringkampfes einander ihr Verhalten deuten, enthält den Versuch, durch die Verknüpfung mit einem Bild ein Verhalten sinnlich zu qualifizieren und Realitäten der Außenwelt zuzuordnen.

Das unterscheidet Deutungen von Lösungen. Ein Rätsel ist in der Regel eindeutig. Es läßt nur eine richtige Lösung zu. Verhalten ist selten eindeutig. Seine Motive sind komplex und oft erst im nachhinein erkennbar.

Alkibiades bricht aus dem semantischen Kontext der Ringkampfregeln aus. Dadurch entsteht eine ungeordnete Situation; da kein Kampfgericht vorhanden ist, das den Regelverstoß ahndet, müssen die Kontrahenten selbst versuchen, seine Tat einzuordnen. Dabei wird erkennbar, daß der semantische Kontext feldabhängig ist: Im Wahrnehmungsfeld des Gegners wirken andere Kräfte als im Wahrnehmungsfeld von Alkibiades. Diese Merkmale lassen sich sehr häufig nachweisen, wenn gedeutet wird.

In der Antike berichteten Reisende, die an fremden Küsten landeten, die dortigen Bewohner würden – ein Beispiel – zu Artemis und Herakles beten, diese Gottheiten aber mit fremdartigen, nur ihnen eigentümlichen Namen benennen. Ein Missionar monotheistischer – christlicher oder islamischer – Prägung würde in den fremden Numina nur Götzen, Inkarnationen des Satans erkennen. Er lebt in einem anderen semantischen Feld als der polytheistisch erzogene Römer oder Hellene.

So gesehen, rufen alle Spuren alter Religionen, die unter einem neuen Glauben fortbestehen, nach Deutungen, denn es ist eine Spannung zwischen dem alten semantischen Feld und der gegenwärtigen Situation entstanden. Auch die typische Situation der Psychoanalyse hat ähnliche Qualitäten: Durch den zweizeitigen Ansatz der menschlichen Sexualentwicklung mit Frühphase und Latenz ist das, was in der Kindheit geschah, in einem anderen semantischen Feld angesiedelt als das, was der Erwachsene erlebt.

Der Psychoanalytiker vermittelt zwischen diesen semantischen Feldern, er macht dem Erwachsenen begreiflich, was er als Kind erlebt hat und wie dieses Erleben mit den rätselhaften Ängsten, Depressionen, Symptomen seines gegenwärtigen Lebens zusammenhängt. Diese Deutung beruhigt, sie drückt Zuwendung und Interesse aus, sie pflegt eine intensive emotionale und intellektuelle Beziehung, ohne diese durch voreilige Triebbefriedigung zu überhitzen. Sie ermöglicht neue Orientierungen, bereitet Handlungsalternativen vor. Alle diese Einflüsse zusammen führen zu den therapeutischen Wirkungen von Deutungen, die allerdings nicht aus dem umfassenden semantischen Feld einer gemeinsamen Arbeit und einer überwiegend positiven Gefühlsbeziehung herausgerissen werden können.

Die Deutung ist eine Brücke, die das Befremdliche mit dem Vertrauten verbindet. Späteren Generationen kann dann diese Brücke wieder fremd werden, so daß wir Brücken zu Brücken schlagen müssen und vielleicht gar kein Ufer mehr finden. Das ist sicher häufig bei den griechischen Mythen der Fall, in deren Gestalt oft vergessene soziale Umwälzungen, religiöse Reformen und lokale Streitigkeiten späteren Generationen eingingen. Die moderne, ritualistische Deutung[87] intendiert, diese mythische Hermeneutik rückgängig zu machen.

---

87 Ich habe in Wolfgang Schmidbauer, Mythos und Psychologie. Methodische Probleme, aufgezeigt an der Ödipus-Sage, München 1970, diese Fragen an einem vielgedeuteten Beispiel diskutiert.

Eine Untersuchung der Zauberflöte ist vor die Aufgabe gestellt, die Wirkung des „Machwerks"[88] verständlicher zu machen. Wir können uns auf den Gehalt konzentrieren: poetische
Themen, den unterschiedlichsten mythischen und religionsge-
schichtlichen Traditionen entnommen. Wir können die Wege
verfolgen, auf denen Schikaneder zu diesen Themen kam; eine
solche Forschung verzweigt sich wie ein genealogischer
Stammbaum – aus welchen Quellen schöpfte Wieland in
„Dschinnistan", wie kam die orientalische Mode im ausgehenden 18. Jahrhundert zustande? Weitere Fragen sind eher sozial-
psychologisch ausgerichtet: Was fesselt Menschen im Zeitalter
der Vernunft an Mysterien und Geheimbünden? Andere orien-
tieren sich an theaterwissenschaftlichen Fragen: Weshalb gerade zu dieser Zeit diese Verbindung von Weihespiel und Hans-
wurstiade im selben Stück, auf denselben Brettern, zur selben
Musik? Das waren doch Kunstformen, die seit den Tragödien
und Komödien der Antike eher getrennte Wege gingen.

Die Aufgabe des Historikers richtet sich auf solche Inhalte.[89]
Demgegenüber müßte der Psychologe die zugrundeliegenden
seelischen Prozesse aufklären, vor allem, indem er sie auf aktu-
elle, gegenwärtig beobachtbare psychische Vorgänge bezieht.
Die Theorien, mit deren Hilfe solche Betrachtungen möglich
sind, gehören in den Bereich der Tiefenpsychologie. Sie sind einem qualitativen, teilweise spekulativen Ansatz verpflichtet.
In der therapeutischen Arbeit gibt es für solche Modelle bessere Möglichkeiten, Verifizierungen herzustellen, weil zutref-
fende Deutungen auf den Analysanden wirken, während unzu-
treffende durchfallen.

In der Anwendung auf Texte läßt uns dieses Kriterium im
Stich. Die psychologische Analyse kann dann für sich nur den

---

[88] Heinz Klaus Metzger und Rainer Riehn (Hg.), Ist die Zauberflöte ein
Machwerk? Musik-Konzepte 3, München 1985.
[89] Der treffsicherste Mythendeuter scheint freilich ein Autor, der sich im-
mer primär als Poeten deklariert hat, trotz seiner fundierten historischen
Kenntnisse. Vgl. Robert von Ranke-Graves, Griechische Mythologie I u. II,
Reinbek 1960, sowie ders., „Strich drunter!", Reinbek 1990 (Erstausgabe
„Goodbye to All That!", London 1929).

Respekt verlangen, der einer geisteswissenschaftlichen Hermeneutik gebührt; sie ist nicht mathematisch exakt, aber sie kann Menschen bereichern, ihr Wissen erweitern, Teile der Wirklichkeit verständlicher machen. Die psychologische Wahrheit ist dabei vieldeutiger als die historische, weil sie weniger Möglichkeiten hat, an materiellen Substraten belegt zu werden: Es gibt keinen vergrabenen Goldschatz, keine auffindbare Schrifttafel, die plötzlich ungeklärte Fragen beantwortet. Potentiell begeben wir uns mit ihr in eine Spirale: Jede unserer Deutungen kann ihrerseits in ihrer Mischung aus Bezügen zu uns selbst und zu unserem Gegenstand gedeutet werden.[90]

Anderseits ist die psychologische Wahrheit auch grundsätzlicher als die historische; das macht eben die Anlehnung an das naturwissenschaftliche Experiment so verführerisch für sie. Die Psychologie sucht eine überhistorische Gesetzmäßigkeit. Wir wissen, welche Entwicklung diese wissenschaftsgeschichtliche Situation um die Jahrhundertwende nahm. Während ein Teil der Psychologen immer stärker durch Maß und Zahl fasziniert wurde und die Quantifizierung hochspezialisierter Fragestellungen mit häufig geringer praktischer Relevanz anstrebte, entdeckte ein anderer Teil die Vor-Geschichte der historischen Überlieferung, den Mythos. Individuelle Beobachtungen, wie die erotische Vaterbindung einer hysterischen Patientin, wurden mit einem Begriff wie „Ödipus-Komplex" zu einem mythologischen Thema gemacht und im Denken einer Reihe psychologischer Autoren in den Rang eines naturwissenschaftlich erwiesenen Gesetzes erhoben.

Der Mythos ist eine Urgeschichte, eine Erzählung, die zu-

---

[90] „Die Übereinanderschichtung der Bedeutungen des Traums ist eines der heikelsten, aber auch inhaltsreichsten Probleme der Traumdeutung. Wer an diese Möglichkeit vergißt, wird leicht irregehen und zu Aufstellung unhaltbarer Behauptungen über das Wesen des Traums veranlasst werden." Sigmund Freud, Die Traumdeutung, Frankfurt am Main 1961, S. 188. Diese „Übereinanderschichtung" wird durch eine „Überdeutung" angegangen, welche sich auf die „mehrfache Determination" des Seelischen bezieht. Alle diese Begriffe sind in einer qualitativen Forschung sehr fruchtbar.

nächst dazu dient, etwas zu erklären – einen Ortsnamen, einen Brauch, eine Abstammung. In dieser Erklärung drückt sich sehr häufig auch eine Freude an der poetischen Darstellung existentieller Grundprobleme aus. Um diese poetische Darstellung der menschlichen Existenz ging es auch den praktisch-klinischen Richtungen der Psychologie. Von einem Arzt begründet und von Ärzten einerseits, Geisteswissenschaftlern anderseits viel gründlicher aufgenommen als von der akademischen Psychologie, hing und hängt dieser psychologischen Richtung die mangelnde Klarheit über deren eigenen wissenschaftlichen Standort nach.

Einerseits zwingt die ärztliche Tätigkeit in der dauernden Begegnung mit unsicheren, leidenden, in ihrem Lebenswillen verletzten Menschen den Helfer zu einem hohen Maß an Festigkeit und Sicherheit, die er immer aus dem größten Prestige nimmt, das ihm seine Zeit zur Verfügung stellt. Das war seit 1900 bis heute die exakte Naturwissenschaft, die den Ärzten ein sicheres Fundament auf Physik und Chemie, Anatomie und Pathophysiologie versprach.

Diese Methode glaubte Freud noch anzuwenden, als er sich längst in einer genialen Regressionsbewegung im Bereich des Mythos bewegte. Warum sollte er auch anders denken? Er zeichnete Beobachtungen auf und wertete sie aus. Wenn ihm sein Sprachverständnis das Mikroskop, seine Notizen die Fotografie, seine Deutung die mathematische Auswertung oder die anatomische Darstellung ersetzten, lag es für ihn gewiß nicht daran, daß er weniger ernsthaft um die Erkenntnuis seiner Träume bemüht war als um die Darstellung der Organe des Aals, welchen er in seiner medizinischen Dissertation untersucht hatte. Aber ohne die mathematische Kontrolle und ohne die Möglichkeit, ein anatomisches Substrat, eine Struktur unter den beobachteten Erlebnissen festzuhalten, wurde bald klar, daß es nicht eine einzige richtige Deutung gab, sondern eine viel größere Anzahl, eine potentiell unendlich große Deutungsmenge.

So berührt die psychoanalytische Wahrheitsfindung die künstlerischen Lösungsmöglichkeiten: Angesichts einer strukturell umgrenzten Aufgabe – zum Beispiel eine Madonna mit dem Jesusknaben zu malen – gibt es doch eine unerschöpfliche Menge von Lösungen, wie dieses Bild gestaltet werden soll. Immer werden eine Frau und ein Kind darauf zu sehen sein, doch wie sie sich zueinander verhalten, was sie durch ihre Kleidung, ihre Körperhaltung und Mimik ausdrücken, das läßt unendlich viele Möglichkeiten der Gestaltung zu.

Freuds Konzept einer Analogie zwischen der mehrfachen Determination in der Enstehung seelischer Phänomene – etwa eines Traums – und der „Überdeutung", d.h. der Ansammlung einander ergänzender, lediglich auf den ersten Blick vielleicht widerspruchsvoller Deutungen ist ein Versuch, diesem Dilemma zu entrinnen. Die strenge Determination des Seelischen reicht in eine unergründliche Tiefe, der eine unendliche Vielfalt an Interpretationsmöglichkeiten entspricht. Aber es erscheint mir plausibel, davon auszugehen, daß ein Traum oder ein Symptom tatsächlich auf einer *endlichen* Menge von Bedingungen beruhen, während die Zahl der möglichen Deutungen dieses Traumes oder dieses Symptoms *unendlich* ist.

Diese verwickelte Situation hängt damit zusammen, daß das Gedeutete eines ist – ein Mensch, ein Ausschnitt aus der Lebensgeschichte dieses Menschen, eine bestimmte biographische Entscheidung, ein Traum, ein Symptom – während die Deuter potentiell unendlich sind; einer nach dem anderen kann die gedeutete Szene aufgreifen und eine bisher noch nicht entdeckte Bedeutung entdecken. Solche Prozesse sind in der Psychoanalyse häufig abgelaufen; so wurden Breuers und Freuds Krankengeschichten mehrfach neu interpretiert und z.B. aus Anna O. eine Psychose-Patientin gemacht, die Breuers Ich-Identität attackierte, oder aus Emmy von N. ein Borderline-Fall.[91]

Es ist möglich, noch weiter zu gehen und die Frage zu stellen:

---

[91] Frederick M. Bram, Das Geschenk der Anna O., in Psyche 27, S. 449–459, 1973, sowie Clemens de Boor u. Emma Moersch, Emmy von N. – eine Hysterie? Versuch einer Re-Evaluierung, in Psyche 34, S. 265–279, 1980.

„Wie wirklich ist die Wirklichkeit?"[92] Mir scheint ein Rückfall hinter die Positionen Freuds vorzuliegen, wenn jeder Unterschied zwischen realen und fiktiven Ereignissen in einer Biographie geleugnet wird. Cremerius formuliert diese konstruktivistische Position so: Freud habe, als er mit seiner „Verführungstheorie" gescheitert war und einsehen mußte, daß die von ihm ausgegrabenen sexuellen Szenen nicht immer der Wirklichkeit entsprachen, die persönliche Biographie als Ausdruck einer „psychischen Realität" angesehen, die mit der materiellen Wirklichkeit nichts zu tun haben muß. Das trifft nicht zu.

Freud hat zwar Konstruktionen in der Analyse beschrieben, sie aber ausdrücklich von der Suche nach der biographischen Wahrheit unterschieden; er hat die Traumatheorie in seinen Werken nie *aufgegeben*, sondern nur durch die Betonung der Phantasietätigkeit, durch den Hinweis auf Möglichkeiten der Fremd- und Selbsttäuschung *ergänzt*. Aber er sagt ausdrücklich, daß es wesentlich ist, zwischen realem Mißbrauch und einer projizierten inzestuösen Phantasie zu unterscheiden. Gerade diese Differenzierungsforderung wird ihm ja in den ideologischen Unterstellungen einer „parteiischen Therapie" übelgenommen, wo es immer wieder in Unkenntnis der Quellen heißt, Freud habe mißbrauchenden Männern die Ausrede geliefert, die Anklagen ihrer Opfer seien reine Phantasie. Es gibt keine parteiische Psychoanalyse, so wenig, wie es eine Wahrheitspartei gibt.

Aus der Spannung zwischen dem, was ein Kind wirklich erlebt hat, und dem, was ein Erwachsener meint erlebt zu haben, ergeben sich viele kreative Entwicklungen während einer Psychoanalyse. Zum Beispiel kann zu Beginn einer Therapie der Vater einer Patientin ausschließlich negativ erinnert werden; es gibt nur Szenen, in denen er das Kind quält, schlägt, tadelt. Erst später kommen andere Szenen hinzu, die ebenfalls wirklich waren, aber bisher nicht erinnert werden konnten. Hier zu

---

[92] Titel eines Buches von Paul Watzlawik, einem führenden Vertreter des Konstruktivismus, München 1976.

sagen, daß die Analyse die bisherige Konstruktion, die sich die Patientin aufgrund ihrer Abwehrbedürfnisse gegeben hat, durch eine neue, an Wahrheits- und Wirklichkeitsgehalt gleichwertige Konstruktion ersetzt, gibt eine differenzierte Sicht der Situation für die Pose einer zynischen Überlegenheit preis. Natürlich ist auch die neue Konstruktion nicht absolut wahr; aber sie ist doch deutlich vollständiger und realistischer als die alte. Sie wird auch nicht vom Analytiker dem Analysanden wie eine hypnotische Formel suggeriert, nach dem macchiavellischen Motto vom Zweck, der die Mittel legitimiert. Sie entsteht vielmehr im Rahmen einer Beziehung, deren Inhalt die gemeinsame Suche nach der Wahrheit ist – sowohl in der Geschichte des Patienten wie in der Übertragungs-Gegenübertragungsdynamik, ohne deren begleitende Klärung ein solcher Prozeß nicht ablaufen kann.

Cremerius' Aufsatz über die „Konstruktion der biographischen Wirklichkeit im analytischen Prozeß" ist reich an grob vereinfachenden Deutungen der Problematik von Dichtung (Konstruktion) und Wahrheit. Er unterstellt Freud, dieser habe in dem Augenblick, als er die Verführungstheorie aufgab und sich der Forschung über die unbewußten Phantasien zuwandte, einen epochalen Schritt getan und ein allgemeingültiges Prinzip entdeckt: Der Mensch „hat" keine Biographie, sie ist „vielmehr stets Verarbeitung des Gegebenen".[93] „Ich möchte diesen Gedanken besonders hervorheben", sagt Cremerius, „weil ich glaube, daß er zu den großen, befreienden Gedanken der europäischen Geschichte gehört, die wir Aufklärung nennen. Von nun an ist Biographie nicht mehr das Resultat dunkler Mächte, die Macht des Schicksals etwa, in das sich der Mensch ergeben muß, sondern ein Akt der Sinnsetzung. Die emanzipatorische Kraft dieses Gedankens liegt darin, daß von jetzt an Lebensgeschichte weder von der Willkür eines demiurgischen Gottes vorbestimmt ist, noch von den unsichtbaren Fesseln genetischer Kodifizierung. Was nur als Geheimnis, Irrationalität

---

[93] Johannes Cremerius, Vom Handwerk des Psychoanalytikers: Das Werkzeug der psychoanalytischen Technik. Bd. II, Stuttgart 1984, S. 402.

oder flache Prädestination begriffen werden konnte, wird jetzt dem Verstehen als schöpferische Tat zugänglich. Biographie wird als etwas begreifbar, das der Mensch nicht hat, das er vielmehr selbst herstellt."[94]

Mir scheint hier einer der nicht seltenen Versuche vorzuliegen, aus den Widersprüchen und Brüchen Freuds eine voreilige Eindeutigkeit zu destillieren, die scheinbar die Psychoanalyse glorifiziert, sie in Wahrheit aber trivial macht. War denn vor Freud Biographie gottbestimmt, geheimnisvoll, prädestiniert, irrational, und ist sie es nach ihm nicht mehr? Freud hat die Dunkelheit, in der wir letztlich leben, erkennbar gemacht, er hat sie aber nicht erleuchtet und hat das auch nie von sich behauptet. Anschließend zitiert Cremerius einige, zum Teil aus ihrem Kontext gerissene Äußerungen von Robert Musil und André Malraux, wonach die Couch des Analytikers mehr über die Geheimnisse des menschlichen Herzens enthülle als die Literatur.

Dieses Vorgehen ist einseitig; es fehlt nicht an Literaten, welche die Oberflächlichkeit der psychoanalytischen Deutungen kritisieren. Wo es sinnvoll wäre, eine Ambivalenzdiskussion zu führen – welche Vorteile hat die Literatur und welche Nachteile gegenüber den Vorteilen und Nachteilen der psychoanalytischen Forschung – sucht Cremerius, alles Gute für die Psychoanalyse zu reservieren und übernimmt sich dabei. Ähnlich scheint es mit der Ambivalenz einer konstruktivistischen Biographik gegenüber einer objektivierenden. Freud hat immer beides betont und versucht. Er blieb stets skeptisch in bezug auf das Gelingen.

---

[94] Johannes Cremerius, a.a.O., S. 402, zitiert dazu einen Text von Thomas Bernhard über seine Biographie: „Wer weiß, ob das, was ich da geschrieben hab', überhaupt stimmt. Ich bin immer wieder selbst überrascht, wie viele Leben man als das eigene ansieht, die zwar alle miteinander Ähnlichkeit haben, aber eigentlich doch nur Figuren sind, die mit einem selbst genausoviel und sowenig zu tun haben wie irgendwelche andere Leben. Es stimmt ja immer zugleich alles und nichts. Zit. n. Thomas Bernhard, Interview in: Die Zeit, Nr. 33, 1979.

Cremerius rühmt einen Notbehelf[95] des Analytikers als Befreiungstat. Dieser weiß nicht, wie es in der Kindheit seines Patienten wirklich war, soll aber in dieser Situation nach der (biographischen, in der Übertragung aktualisierten) Wahrheit suchen. Die Beziehung zwischen objektivierbarer Geschichte und unbewußter Phantasie ist eine des Sowohl-als-Auch, nicht des Entweder-Oder.

Die Wahrheit der Deutung bindet an die Realität; die neurotische Symptomatik hängt damit zusammen, daß illusionäre Qualitäten der Wirklichkeit vorgezogen werden, weil das kindliche Ich stärker von den Phantasiebildern der Eltern abhängig ist als die zumindest potentiell weitgehend autonome Erwachsene. Nach dem Modell der biographischen Konstruktion verwirft der Patient dank der Hilfe des Analytikers die eigene Illusion über seine Vergangenheit und ersetzt sie durch eine bessere Illusion, die ihm mehr Optimismus verschafft und eine bessere Integration von Trieb und Über-Ich ermöglicht.

Mir scheint eher, daß es sich um eine stärkere Bindung an die Realität handelt, vor allem an die Realität des eigenen, körperlich-emotionalen Lebens. Der Konflikt des Neurotikers hängt damit zusammen, daß er sich wie ein Kind fürchtet, aber einen erwachsenen Körper hat, dessen Botschaften er nun nicht ernst nehmen darf, verdrängt, verleugnet, projiziert (wie Frauen, die nur die männliche sexuelle Bedürftigkeit kennen). Die analytische Arbeit soll dazu führen, daß der Analysand tiefer in der Realität – sowohl freud- wie leidvoll – verwurzelt ist, weil er die Botschaften seines Körpers genauer wahrnimmt, annimmt, ernstnimmt.

Der Konstruktivismus greift die alte Suggestionstheorie wieder auf und treibt sie auf die Spitze. Es gibt sozusagen nur Einbildungen, die im Prinzip gleichwertig sind; Therapie, Religion

---

[95] „Ich bin geneigt, diese Wendung von der Interpretation von Lebensgeschichte als objektiver (und objektivierbarer) Geschichte zu ihrem Verständnis als Produkt von – meist unbewußten – Phantasien über geschichtliche Ereignisse als eine Sternstunde in der Geschichte der psychoanalytischen Therapie zu bezeichnen", sagt Cremerius a.a.O., S. 405.

und Magie gehorchen alle demselben einfachen Prinzip, ungünstige, unlustvolle Wirklichkeitsauffassungen durch günstige, lustvolle zu ersetzen. Die Suche nach Wahrheit muß sich der Unsicherheit bewußt bleiben, ob dieses Ziels erreichbar ist. Aber sie kann nicht durch eine vorschnelle Gewißheit ersetzt werden, dieses sei unerreichbar und jedes Schrittchen zum positiveren Denken der Weisheit letzter Schluß.

Die Deutung im Entwicklungsprozeß der Persönlichkeit lenkt die Aufmerksamkeit auf eine verdrängte oder verleugnete innere Wirklichkeit. Weil der Analytiker sich bemüht, die Wahrheit des erwachsen gewordenen Patienten zu finden, kann dieser die seelischen Hindernisse überwinden, diese Wahrheit zu er-leben. Der verläßlichste Verbündete des Analytikers ist die körperliche Anwesenheit des Patienten. Erst wenn sie in Frage gestellt ist, weil der Analysand Stunden versäumt, zu spät kommt usw., ist der analytische Prozeß gefährdet. Wenn der Patient pünktlich kommt, aber viele Stunden lang über seinen Haß auf die Analyse, seine Enttäuschung, die Unfruchtbarkeit und Nutzlosigkeit des ganzen Unternehmens spricht, ist das unter Umständen für den Analytiker schwer zu ertragen, aber unter dem Gesichtspunkt des Prozesses der Therapie fruchtbar.

Die in dem hier angesprochenen Aufsatz von Cremerius vertretene, konstruktivistische Auffassung der analytischen Wahrheit wird durch eine leichtfertige Metapher Freuds unterstützt. Dieser hat behauptet, die Umarbeitung der persönlichen Kindheitserinnerungen sei „der Sagenbildung eines Volkes über seine Ursprungsgeschichte durchaus analog" [96]. Hier wird übersehen, daß Ursprungsgeschichten im Gegensatz zu Lebensgeschichten kaum nachgeprüft werden können. Es handelt sich um eine unzulässige Individualisierung des Historischen, ein Vorgehen, durch das die spezielle Qualität kollektiver Überlieferungen geleugnet wird.

Während sich nie kritisch klären läßt, ob die Einwohner von

---

[96] Sigmund Freud, Bemerkungen über einen Fall von Zwangsneurose, Ges. W. Bd. 7, S. 427, Erstausg. 1909.

Theben tatsächlich von Ödipus regiert wurden und den in die Erde gesäten Zähnen eines Drachen entsprossen sind, kann doch geprüft werden, ob ein Kind in seiner Jugend im Heim war oder zu Hause lebte, ob es von seiner Mutter verlassen oder gepflegt wurde.

Ob diese Pflege liebevoll war oder hart und streng, wird sich unter Umständen nur sehr schwer klären lassen; aber auch hier haben Äußerungen wie „meine Mutter war in ihren guten Zeiten durchaus um die Kinder bemüht; wenn sie aber überarbeitet war oder Streit mit dem Vater hatte, schlug sie mich" einen größeren Wahrheitsgehalt als Äußerungen wie „sie war die beste Mutter der Welt" oder „sie war eine Hexe, hat mich nur geprügelt".

Die erste Äußerung enthält eine kritische Distanz zu einseitigen Idealisierungen, die beiden letzten enthalten diese Distanz nicht. Sie sind nicht unmöglich. Sie können realistisch sein; das ist aber wenig wahrscheinlich. Weshalb sollte der Patient in den Genuß der besten Mutter der Welt gekommen sein? Wie kann ein Kind überleben, das nur Schläge und nie etwas zu essen bekommt?

Ausnahmsweise können auch Ursprungssagen kritisch geklärt werden. Wenn zum Beispiel archäologische Funde bestätigen, daß ein Volk früher am Meer siedelte und später landeinwärts zog, dann gewinnt die mythische Tradition, welche ihre Abstammung von einem Meeresgott herleitet, an Gültigkeit, während andere mythische Traditionen, die in andere Richtungen weisen, eher in Frage gestellt werden müssen. Ein anderes Beispiel: In einem mythischen Kontext können Überlieferungen existieren und auch bedeutungsvoll sein, daß alle Ahnen einst zehntausend Jahre alt und acht Meter groß wurden.

Sie müssen beachtet und interpretiert werden. Was aber ein Patient über sich sagt, ist im Prinzip nachprüfbar; er kann sein Geschlecht, sein Alter, seine Körpergröße und seine soziale Schicht nicht einfach per definitionem ändern, ohne daß es auffällt und eine analytische Bearbeitung dieser Realitätsverkennung stattfindet.

Die psychoanalytische Wahrheit hat mit der wissenschaftlichen die Grundhaltung der Skepsis gemeinsam; das bedeutet auch, daß die Psychoanalyse als Wissenschaft künstlerisch ist, als Kunst aber wissenschaftlich, denn ihr Wahrheitsbegriff ist skeptisch, der Wirklichkeit verpflichtet, immer auf Falsifizierungen gefaßt.[97] Anders formuliert: Die Ziele der Kunst sind ästhetisch, die der Wissenschaft auf die Erforschung der Wirklichkeit gerichtet. Unter diesem Gesichtspunkt ist die Psychoanalyse eine Wissenschaft. Aber es gilt auch: Die Kunst bewegt den ganzen Menschen, Gefühl und Intellekt; sie wird um so gültiger, je besser ihr das gelingt. Die Wissenschaft wendet sich an den Intellekt und findet ihre reinste Verwirklichung in der mathematischen Formel.

Eine Wissenschaft von den menschlichen Gefühlen ist für unser Denken durchaus möglich, doch zeigen die konkreten Forschungen doch sehr deutlich, daß es nicht gelingt, die emotionalen Qualitäten unserer Mitmenschen in ihren persönlichen, als „tief" erlebten Dimensionen ohne eigene Gefühlsreaktionen zu erforschen. Das heißt auch, daß eine experimentelle Haltung nicht möglich ist, sondern nur eine historische.

Der Psychoanalytiker kann immer erst *nachher* rational erforschen, was geschehen ist; er kann nicht die analytische Situation, in der er deutet, so weit von sich selbst fernhalten, daß er die Grundforderungen der experimentellen Methode – die Manipulation der relevanten Variablen – erfüllt. Die histori-

---

[97] „Die Psychoanalyse ... ist unfähig, eine ihr besondere Weltanschauung zu erschaffen. Sie braucht es nicht, sie ist ein Stück Wissenschaft und kann sich der wissenschaftlichen Weltanschauung anschließen. Diese verdient aber kaum den großtönenden Namen, denn sie schaut nicht alles an, sie ist zu unvollendet, erhebt keinen Anspruch auf Geschlossenheit und Systembildung ... Eine auf die Wissenschaft aufgebaute Weltanschauung hat außer der Betonung der realen Außenwelt wesentlich negative Züge, wie die Bescheidung zur Wahrheit, die Ablehnung der Illusionen. Wer von unseren Mitmenschen mit diesem Zustand der Dinge unzufrieden ist, wer zu seiner augenblicklichen Beschwichtigung mehr verlangt, der mag es sich beschaffen, wo er es findet. Wir werden es ihm nicht verübeln, können ihm nicht helfen, aber auch seinetwegen nicht anders denken." C. G. Jung (Psychologische Typen, a.a.O.) sieht in solchen Sätzen einen Hinweis auf die extravertierte Einstellung Freuds, die zur „Betonung der realen Außenwelt" und zur „Ablehnung von Illusionen" (= inneren Idealbildern) führt.

sche Wahrheit verbindet mit der psychoanalytischen die asymptotische Qualität: Es ist möglich, sich ihr zu nähern, aber es gibt keine mathematische Sicherheit, daß sie erreicht wurde; es bleibt immer ein Rest Vermutung.

In der Psychoanalyse wird gleichzeitig rational geforscht und emotional agiert; die emotional bestimmte Aktion wird später historisch geklärt; in dieser Forschung treten dann neue emotionale Reaktionen auf. Ohne rationale Forschung wird die Analyse blind; ohne emotionale Trübung leer.

Ob auf diesem Weg die Heilung gelingt, bleibt immer offen. Vielleicht führen andere Wege sogar rascher und wirkungsvoller zum Ziel. Aber allein daraus läßt sich keine Entscheidung für oder gegen die Psychoanalyse ableiten. Wenn die Neurose überwunden wird, haben Analytiker und Analysand zusammen einen Weg zurückgelegt, der auch unter dem Gesichtspunkt der Heilung für sie beide fruchtbar war. Sie haben die Zeit, die sie miteinander verbrachten, mit der Befriedigung eines der zentralen menschlichen Bedürfnisse verbracht: Neugier, Orientierung im Kontinuum von Raum und Zeit, Wahrheitssuche.

Wenn sie auf diesem Weg die Neurose aber nicht überwinden, kann der Weg als solcher doch fruchtbar sein. Dabei müssen, wie bei jeder Wanderung in schwierigem Gelände, die Partner sich an manchen Stellen helfen; manchmal trägt der eine den größeren Teil der Aufgabe, manchmal der andere. Häufig will der Patient nur, daß er sich besser fühlt, und würde auch eine Steigerung seiner Realitätsverkennung in Kauf nehmen, um das zu erreichen – also mehr Lüge und weniger Wahrheit, was den Absichten der Analyse entgegenläuft.

Dann ist es Sache des Analytikers, die Wahrheitssuche aufrechtzuerhalten. Nicht, weil er von der moralischen Überlegenheit der Wahrheit über die Lüge überzeugt ist. Denn auch gegenüber einer solchen scheinbaren Ambivalenzfreiheit muß er skeptisch bleiben; eine Lüge kann durchaus eine emotionale Wahrheit enthalten (wie die Lüge über den Treuebruch in der Liebe). Eher weil er einen Dienstleistungspakt abgeschlossen hat und die Wahrheit seiner Überzeugung nach der beste

Dienst ist, den *er* dem Analysanden anzubieten vermag. Auch wenn ein Bäcker glaubt, daß Fleisch nahrhafter ist als Brot, kann er einem Hungrigen nur Brot geben; solange er nicht behauptet, er sei ein Metzger und was er austeile sei Fleisch, ist dagegen nichts einzuwenden. Weniger metaphorisch gesagt: Die Analyse ist unter Umständen nicht das beste für den Patienten, aber sie ist das einzige, was ein überzeugter Analytiker anbietet, und daher ist sie auch das Konstruktivste, was in der Beziehung geschehen kann.

Dieser Gegenübertragungsaspekt der Motivation einer Psychoanalyse wird häufig nicht genügend beachtet. Um eine Betrachtung der eigenen Motive zu vermeiden, wird die Analysierbarkeit des Patienten diskutiert, werden diagnostische Kunstgriffe[98] im Erstinterview empfohlen, welche helfen sollen, die Spreu vom Weizen zu trennen. Freud ging hier anders vor; seine Indikationsstellung orientiert sich an der Probe des schottischen Königs[99]: Wie dieser die Angeklagte erst in einem großen Kessel kochen mußte, um die Brühe zu prüfen und aus ihr zu schließen, ob es sich um eine Hexe handelte oder nicht, so muß der Analytiker sich mit dem Analysanden zusammentun und herausfinden, ob ein gemeinsamer Weg für beide gangbar ist.

In der Deutung eines Textes oder eines Bildwerks fehlt dem Analytiker der Partner, der mit ihm spricht, der Rückmeldungen gibt, kritisiert, unterstützt, wenn er selbst nicht mehr wei-

---

[98] Führend auf diesem Gebiet ist zur Zeit O. F. Kernberg, z. B. in Borderline-Störungen und pathologischer Narzißmus, Frankfurt am Main 1978.

[99] Siegmund Freud, Vorlesungen zur Einführung in die Psychoanalyse – Neue Folge, Nr. 34: Aufklärungen, Anwendungen, Orientierungen. Studienausgabe Bd. I, S. 583. Freud sagt weiter: „Wir können den Patienten, der zur Behandlung, oder ebenso den Kandidaten, der zur Ausbildung kommt, nicht beurteilen, ehe wir ihn durch einige Wochen oder Monate analytisch studiert haben. Wir kaufen tatsächlich die Katze im Sack … Nach dieser Probezeit mag sich herausstellen, daß es ein ungeeigneter Fall ist. Wir schicken dann den Kandidaten weg, versuchen dann beim Patienten noch eine Weile, ob wir ihn nicht in günstigerem Licht sehen können. Der Patient rächt sich dadurch, daß er die Liste unserer Mißerfolge vergrößert, der abgewiesene Kandidat, wenn er ein Paranoiker ist, etwa indem er selbst psychoanalytische Bücher verfaßt."

ter weiß. Die Korrekturmöglichkeiten sind viel geringer; diese Rolle kann die historische Forschung nur zum Teil übernehmen. Die Frage, ob es sich bei der tiefenpsychologischen Textdeutung um Kunst oder Wissenschaft handelt, muß noch einmal neu gestellt werden. Im ersten Fall[100] ist ein Urteil relativ leicht: Wir können annehmen, daß ein Kunstwerk potentiell unendlich viele Deutungen zuläßt, die alle versuchen, seine Wirkung auf den Betrachter, den Hörer zu formulieren, sie zu erweitern, zu vertiefen.

Es gibt keine richtigen oder falschen Deutungen, ähnlich wie es keine richtigen oder falschen Kunstkritiken gibt, sondern nur treffende oder solche, die ihr Ziel verfehlen. Das zu beurteilen ist Sache einer Kritik der Kritik – und so fort in einem unendlichen Regreß von Kunstwerken, die durch immer neue Kunstwerke interpretiert werden, so lange, wie das Orginal und seine Interpretationen in der Lage sind, unsere Aufmerksamkeit zu fesseln.

Wie bizarr es dabei zugehen kann, soll abschließend ein Beispiel aus der „Mittwochsgesellschaft" illustrieren. Dort richteten Freuds Schüler unbekümmert ihre Deutungskunst auf alles, was ihnen zu ihr zu passen schien. Karl Kraus kritisierte diese Deuterei in der „Fackel" mit einer Gegendeutung: „Mir hat einer den ‚Zauberlehrling' als einen handgreiflichen Beweis für die masturbatorischen Neigungen seines Schöpfers gedeutet ... Ich fühlte, wie sich zum legitimen Schwachsinn der literaturhistorischen Kommentatoren allmählich ein neuer Wahnsinn geselle. Die wissenschaftlich fundierte Stimmung eines Herrenabends reklamiert den Besen des Zauberlehrlings – „oben sei ein Kopf" – für ihre besonderen Zwecke."[101]

---

[100] Ein Fürsprecher der These, daß jedes Urteil über ein Kunstwerk selbst als Kunstwerk beurteilt werden muß, ist Oscar Wilde. Über ihn und die Spannungen um die psychoanalytische Literaturinterpretation, die z. B. auch Freud und Karl Kraus entzweiten, siehe Michael Worbs, Nervenkunst, Literatur und Psychoanalyse im Wien der Jahrhundertwende, Frankfurt am Main 1983.
[101] Die Fackel, Heft Nr. 256, 5. Juni 1908, zit. n. M. Worbs, Nervenkunst, Frankfurt 1983, S. 163.

„In Abwesenheit eines verdienstvollen Lehrers und Finders sexualphysiologischer Erkenntnisse versucht einer seiner Schüler die Methode selbst anzuwenden ... Kein Klassikerwort, das einen greifbaren Gegenstand bedeutet, ist mehr vor Deutung sicher. ‚Welch entsetzliches Gewässer!' Endlich kommt der Professor Freud zurück. ‚Herr, die Not ist groß! Die ich rief, die Geister, werd' ich nun nicht los.' Der Professor sieht, wie die Schüler die Lehre kompromittieren, und beschließt, dem groben Unfug ein Ende zu machen. Es war die höchste Zeit. In die Ecke mit allem, was wie ein Besen aussah und etwas anderes bedeuten sollte."[102]

Der Deuter des „Zauberlehrlings" als Masturbationssymbolik und der Deuter des Masturbationssymbolikers als Zauberlehrling gehen beide ideologisch mit ihren Deutungen um: Es geht ihnen um Machtausübung, nicht um Wahrheit. Eine psychoanalytische *Methodik* (statt der plumpen *Anwendung* der Symbollehre) würde sich angesichts des Zauberlehrlings mit der Frage beschäftigen, weshalb dem *Deuter* zu diesem Gedicht die Onanie einfällt. Der Analytiker müßte das Gedicht, das ihn anspricht und zu dem er eine unbewußte Beziehung spürt, wie einen eigenen Traum behandeln und seine Assoziationen untersuchen, ohne sie auf den Autor des Gedichts zu projizieren, der sich nicht wehren kann. Erst vor dem Hintergrund einer solchen Selbstreflexion wäre es sinnvoll, nun mit historischen Mitteln weiterzuarbeiten und nach Hinweisen zu suchen, ob Goethe sich irgendwelcher untergründiger Bedeutungen des Zauberlehrlings bewußt war, welche Probleme er mit seiner Sexualität hatte, in welcher Situation der „Zauberlehrling" entstand usw.

Die „Gegendeutung" von Karl Kraus drückt einen ganz ähnlichen Autoritätsglauben aus: Der angeschuldigte Freud-Schüler wird richtig als jemand erkannt, der Mittel anwendet, die er nicht wirklich beherrscht. Die Lösung liegt in der Achtung vor dem wahren Meister. Damit ist sozusagen Goethes Ehre geret-

---

[102] Die Fackel, zit. n. M. Worbs, a.a.O., S. 164.

tet, der Freud-Schüler ist vernichtet, der Zaubermeister hat den Makel, nicht genügend auf seine Lehrlinge aufzupassen – wenig später gerät Freud selbst in die Schußlinie der aphoristischen Deutungen von Kraus („Psychoanalyse ist jene Geisteskrankheit, für deren Therapie sie sich hält")[103]. Aber über diese Wiederherstellung des alten Zustandes hinaus führt auch Kraus' Deutung nicht.

Damit werden beide Deutungen angreifbar, weil sie mit voreilig abschließenden Urteilen arbeiten. Im „Zauberlehrling" ist vor allem die Spannung ausgedrückt, die entsteht, wenn die Mittel stärker sind als die Meisterschaft – im Grunde die Dauerkrise der Moderne, welche ihre eigenen technischen Entwicklungen und die aus ihnen gewachsenen Ansprüche nicht kontrollieren kann. Goethes versöhnliches Ende – schließlich kommt eine Autorität und bringt alles in Ordnung – ist gegenwärtig unrealistisch, ein Versprechen, das nicht eingelöst zu werden scheint. Diese existentielle Qualität verschwindet in der Sexualisierung wie in der Ehrenrettung des Genies, im Kraus'schen Glauben[104] an ein künstlerisches Mysterium, das verehrt, aber nicht analysiert werden darf.

Das Beispiel vom Zauberlehrling zeigt, daß jede Deutung die Bedürfnisse des Deutenden spiegelt und deshalb ihrerseits einer Analyse zugänglich ist. In der therapeutischen Situation wird die in jeder Richtung mögliche Deutungs-Deutung durch den Leidensdruck des Patienten oder das Ausbildungsinteresse des Kandidaten kanalisiert. Freilich sind in Lehranalysen erbitterte Konkurrenzsituationen beschrieben worden, wie nun eine Deutung des Analytikers zu deuten ist.[105]

Angesichts eines Kunstwerks gibt es diese Einengung nicht; das macht die Arbeit schwieriger, aber auch reicher an Möglichkeiten. Der Analytiker ist aufgerufen, stets zu prüfen, wel-

---

[103] Karl Kraus, zit. n. M. Worbs, a.a.O., S. 164.
[104] Vgl. M. Worbs a.a.O., S. 172.
[105] Ein Beispiel dafür ist der Bericht über eine Lehranalyse in D. v. Drigalski, Blumen auf Granit. Eine Irr- und Lehrfahrt durch die deutsche Psychoanalyse, Berlin 1980.

che eigenen Konflikte zwischen Trieb und Abwehr, zwischen Symbiose und Individuation sich durch seine spezifische Art ausdrücken, ein Kunstwerk zu sehen. Ein Vorgehen, bei dem *Ergebnisse* der Tiefenpsychologie auf Kunstwerke *angewendet* werden, hat nach den Blütejahren der Zeitschrift „Imago" an Interesse verloren. Hingegen steckt die konsequente Erforschung der *Beziehungen* zwischen dem Kunstwerk, seinem Schöpfer und seinen unterschiedlichen Betrachtern mit Hilfe der psychoanalytischen Methode noch in ihren Anfängen.

Jeder Versuch, bekannte Bilder neu anzuordnen und sie so ins Unerwartete zu wenden, trägt mehr in sich als den spielerischen Reiz, die ermüdeten Sinne wachzurütteln. In ihm wirkt das kreative Prinzip des Lebens selbst; die Psychotherapie ist immer Belebung von etwas, das erstarrt, verfestigt, unveränderlich erscheint. Darin liegt ein Hinweis darauf, daß der Psychoanalytiker Terrain zurückerobern kann, das eine von den ahistorischen Gesetzen der Naturwissenschaft übermäßig faszinierten Gesellschaft in ihrem Versuch preisgeben mußte, neurotische Störungen auf elektrische oder chemische Ursachen zu reduzieren und sie mit physikalischen (wie Elektroschocks) oder pharmakologischen Mitteln zu behandeln.

Der Historiker unterscheidet sich vom Archivar dadurch, daß er Vergangenheit nicht nur katalogisiert, Inschriften tadellos entziffert, sondern daß er diese auch lebendig machen kann. Er darf nichts behaupten, was er nicht belegen kann, und doch fängt seine eigentliche Arbeit erst dort an, wo er aus den Quellen in einer schöpferischen Zusammenschau ein Bild der Vergangenheit aufbaut, das uns überzeugt und bewegt. Menschen durch Wahrheit zu bewegen, ist auch das große, nicht immer erreichte und doch immer erstrebenswerte Ziel des Psychoanalytikers.

Lebenswissen

Elisabeth Lukas
Lebensbesinnung
Wie Logotherapie heilt. Die wesentlichen Texte aus dem
Gesamtwerk
Band 4391
Die grundlegenden Einsichten der Autorin zeigen, wie Logotherapie
wirkt und wie jeder einzelne deren Prinzipien anwenden kann.

Joachim Engl/Franz Thurmaier
Wie redest du mit mir?
Fehler und Möglichkeiten in der Paarkommunikation
Band 4364
Wie man richtig spricht und zuhört, Gefühle und Wünsche ausdrückt,
Probleme in konstruktiver Weise löst.

Kevin Leman
Füreinander geboren
Wie die Geschwisterreihe unsere Partnerwahl prägt
Band 4358
Die drei Grundtypen: erstgeborenes, mittleres und jüngstes Kind. Mit
„hintergründigem" Augenzwinkern demonstriert der bekannte Psycho-
loge wer mit welchem Typ am besten harmoniert oder nicht.

Maria Beesing/Robert J. Nogosek/Patrick H. O'Leary
Das wahre Selbst entdecken
Eine spirituelle Einführung in das Enneagramm
Band 4347
Psychologische und spirituelle Zusammenhänge werden aufgezeigt.

C. G. Jung
Ein großer Psychologe im Gespräch
Interviews, Reden Begegnungen
Band 4346
Die packende Begegnung mit einem faszinierenden Kenner der mensch-
lichen Seele und bedeutenden Wissenschaftler.

HERDER / SPEKTRUM

von Franz / Frey-Rohn / Jaffé
Erfahrungen mit dem Tod
Archetypische Vorstellungen und tiefenpsychologische
Deutungen
Band 4324
Drei faszinierende Beiträge, die das geheimnisvolle Erlebnis des Todes
als eine Wandlung zu neuem Sein verstehen.

Rudolf Drössler/Manuela Freyberg
Handlesen, Kartenschlagen, Pendeln
Über die Scheinwahrheit des Wahrsagens
Band 4314
Drei Praktiken der „Zukunftsschau" werden erläutert und in einen kul-
turhistorischen Kontext gestellt. Ein heiter-ironisches, reich illustrier-
tes Buch über die Kunst und Scheinkunst des Wahrsagens.

Mario Jacoby/Verena Kast/Ingrid Riedel
Das Böse im Märchen
Band 4287
Märchen erzählen immer auch von Grenzsituationen des Lebens.
Die tiefenpsychologische Deutung offenbart die verborgene Lebensweis-
heit des Märchens.

Erich Fromm
Leben zwischen Haben und Sein
Herausgegeben von Rainer Funk
Band 4208
Wie können wir die Kunst des Lebens neu erlernen? Antworten, die
überzeugen. Mit zahlreichen bisher unveröffentlichten Texten.

Samuel Osherson
Männer entdecken ihre Väter
Die ersehnte Begegnung
Band 4207
Männer brauchen Väter als Orientierung für ihr eigenes „Mannsein".
Eine Wahrheit, die immer mehr ins Zentrum rückt.

HERDER / SPEKTRUM

Walter Sydow
Sisyphos lernt tanzen
Ein Mann geht den Weg der Befreiung
Band 4131

Die Geschichte eines Helden, der lernt, kein Held mehr sein zu müssen.
Ein intelligentes Lese-Vergnügen voll hintergründigem Psycho-Witz.

Knud Eike Buchmann
Die Kunst der Gelassenheit
Im Alltag aus der Mitte leben
Band 4120

Knud Eike Buchmann lehrt die Kunst der Gelassenheit. Ein Buch für
Leute, die die Ruhe weg haben wollen.

Eugen Drewermann
Das Eigentliche ist unsichtbar
Der Kleine Prinz tiefenpsychologisch gedeutet
Band 4068

Ist es der ewige Traum verlorener Kindheit, der Saint-Exupérys Kleinen
Prinzen so faszinierend macht? Mit dem Bestsellerautor Eugen Drewermann auf Reisen zu sich selbst.

Dietmar Mieth
Das gläserne Glück der Liebe
Band 4063

Ein sensibles Buch über ganzheitliches Leben und darüber, wie Beziehungen gelingen können.

Antoine de Saint-Exupéry
Man sieht nur mit dem Herzen gut
Band 4039

Texte, in denen sich die unsentimentale und daher um so echtere Liebe
Saint-Exupérys zum Menschen offenbart.

HERDER / SPEKTRUM

Kunst und Kultur

Lutz Röhrich
Lexikon der sprichwörtlichen Redensarten
Band 4400
„Ich habe selten ein solches Buch gelesen, das mir von Anfang an soviel
Spaß gemacht hat und aus dem ich zugleich soviel gelernt habe" (SWF).

Ingrid Ahrendt-Schulte
Weise Frauen – böse Weiber
Die Geschichte der Hexen in der frühen Neuzeit
Band 4336
Wie wurden Hexen „gemacht"? Die Historikerin hinterfragt alte und
neue Mythen.

Waltraud Woeller/Matthias Woeller
Es war einmal ...
Illustrierte Geschichte des Märchens
Band 4267
Wesen und Geschichte, Archetypen und kulturelle Besonderheiten. Der
Grundstock für jede Märchensammlung.

Li Zehou
Der Weg des Schönen
Geschichte der chinesischen Kultur und Ästhetik
Herausgegeben von Karlheinz Pohl und Gudrun Wacker
Band 4114
Li Zehou, Dissident und „einer der bedeutendsten chinesischen Denker
der Gegenwart" (Süddeutsche Zeitung), läßt Kunst und Literatur des
Reichs der Mitte zum Erlebnis werden.

Hans Zender
Happy New Ears
Das Abenteuer, Musik zu erleben
Band 4049
Der berühmte Dirigent und Komponist erschließt den fantastischen
Reichtum von Klang und Farbe moderner Musik.

HERDER / SPEKTRUM